Dirgelwch Gwersyll Llangrannog

Gareth Lloyd James

Gomer

I Elain Gwawr

Dychmygol yw'r stori hon, ynghyd â llawer o'r cymeriadau,
yn cynnwys Mererid. Ni fu Pennaeth y Gwersyll,
Steffan Jenkins, yn sâl o gwbl.

Cyhoeddwyd yn 2010
gan Wasg Gomer, Llandysul, Ceredigion SA44 4JL
www.gomer.co.uk

ISBN 978 1 84851 216 0

Dymuna'r cyhoeddwyr gydnabod cymorth
adrannau Cyngor Llyfrau Cymru.

Argraffwyd a rhwymwyd yng Nghymru gan
Wasg Gomer, Llandysul, Ceredigion.

Cynnwys

1

Arswyd y Byd!

Llusgodd Jac ei fag a'i sach gysgu ar hyd coridor hir yr ysgol tua'r neuadd. Roedd e wedi cael llond bol yn barod, a doedd e heb hyd yn oed gyrraedd y bws eto! Gwyddai'n iawn mai fel hyn y byddai hi – roedd e wedi rhybuddio digon ar ei fam, ond a wnaeth hi wrando arno? Naddo! Roedd y tridiau nesaf yn mynd i fod yn hunllef a doedd dim y gallai e, na neb arall, ei wneud ynglŷn â'r peth. O'r diwedd, cyrhaeddodd ddrysau dwbl y neuadd a chrwydrodd ei lygaid i bob twll a chornel yn chwilio am ei ffrindiau.

'Hei, Jac boi! Draw fan hyn!'

Gallai weld Glyn yn eistedd ar ei sach gysgu tra bod Deian a Rhodri'n lled orwedd ar eu bagiau hwy ac yn bwyta losin yr un pryd. Aeth draw atyn nhw.

'Beth sy'n bod, Jac? Ti'n edrych fel se ti'n mynd i angladd, achan, nid am benwythnos i Langrannog,' meddai Glyn yn ysgafn.

Gyda hynny, dyma lais cyfarwydd yn llenwi'r neuadd. 'Jac! Jac! I ble'r est ti nawr? JAAAAAAC!'

Rholiodd Jac ei lygaid cyn troi i wynebu'i fam. 'Fan hyn, Mam!'

Rhoddodd Deian bwt i ochr Rhodri a stumio ar Glyn i ddod yn nes ato. 'Hei bois, dwi'n gwbod be sy'n bod ar Jac!' sibrydodd. 'Y brawd bach! Ma' Rhys yn dod gyda ni ar y daith i Langrannog!'

Er mai brawd bach Jac oedd Rhys, doedd dim byd yn fach yn ei gylch mewn gwirionedd. Roedd e dair blynedd yn iau na Jac, ond roedd ei hoffter o fwyd yn debyg iawn i un ei frawd, ac oherwydd hynny edrychai'n hŷn nag oedd e mewn gwirionedd. Ond babi mam oedd e yn y bôn, roedd hynny'n ddigon amlwg. Wrth chwarae rhyw gêm neu'i gilydd ar iard yr ysgol, neu gartref yn yr ardd, byddai Rhys bob amser yn mynnu ei fod yntau'n cael chwarae hefyd. Ond yn fuan iawn byddai'n siŵr o gael anaf neu dorri un o reolau'r gêm ac achosi ffrae. Y funud nesaf, byddai yn ei ddagrau'n cwyno am y bechgyn wrth un o'r athrawon neu wrth ei fam. Ac er bod Rhys yn gallu bod yn ddigon annwyl a hoffus, roedd pawb wedi cael llond bol arno – a neb yn fwy felly na Jac!

Swagrodd Rhys draw gyda Jac wrth ei sodlau a'i ben yn ei blu.

'Shwri beis?! Edrych mla'n te? Dwi'n ffaelu aros. A chi'n gwbod beth? Dwi'n hollol wych am yrru go-carts a cwads . . . a sgio . . . a dwi'n grêt hefyd ar gefn ceffyl a . . . wel, ddangosa i i chi pa mor dda ydw i!'

'Ie, ie, gwed ti Rhys bach,' meddai Glyn gan godi ar ei draed. 'Ond rhedeg adre at Mami fyddi di, gei di weld!'

'Na! Nid y tro yma. Dwi wedi tyfu lan. A ta beth, ma' Jac wedi gorfod *addo* i Mam y bydd e'n edrych ar fy ôl i, felly fe fydda i'n treulio lot o amser 'da chi, bois, yn ystod y tridie nesa,' atebodd Rhys yn bryfoclyd.

Edrychodd y bechgyn yn amheus ar Jac. Cododd hwnnw'i ysgwyddau. 'Beth allen i neud?' dywedodd yn dawel. 'Ches i ddim cyfle i brotestio, achos dechreuodd Rhys lefen a maldodi Mam nes ei bod hi'n mynnu mod i'n edrych ar ei ôl e!'

Edrychodd Glyn, Deian a Rhodri'n bryderus ar ei gilydd. Roedd gorfod dioddef Rhys am ddim ond teirawr yn waith anodd, ond byddai gorfod ei ddioddef am dridiau cyfan yn hunllef.

Ar ôl sgwrs gyda'r Pennaeth daeth Ann Morris, mam Jac a Rhys, draw atyn nhw.

'Reit te cariad,' meddai, gan fwytho gwallt Rhys yn gariadus, 'dwi wedi siarad gyda Mr Ifan, a ma' fe'n addo y bydd rhywun yn fy ffonio i ar unwaith os gei di bwl o hiraeth. Iawn?'

'Diolch, Mam!' atebodd Rhys gan roi cwtsh i'w fam.

'Ti'n siŵr y byddi di'n iawn nawr?'

'Dwi ddim yn *siŵr* . . .'

Winciodd Glyn ar Deian cyn troi at Ann Morris. 'Dych chi ddim yn mynd i aros i'n gwylio ni'n mynd ar y bws?' gofynnodd yn gellweirus. 'Ma' hynny wastad yn hwyl – gweld y rhieni i gyd yn codi llaw wrth i ni adael . . .'

'Na 'dy.' Torrodd Jac ar ei draws cyn i'w fam gael cyfle i ateb. 'Mam! Well i chi fynd nawr. Dwi ddim eisie i bawb eich gweld chi'n llefen. Chi'n embarasin!'

'A bydd Rhys yn siŵr o lefen ar y bws,' ychwanegodd Rhodri gan gefnogi Jac, 'felly dy'ch chi ddim eisie gneud pethe'n waeth iddo fe.'

Edrychodd Ann Morris ar Rhodri cyn nodio'i phen. 'Chi'n iawn,' meddai gan dynnu hances o'i phoced. 'Well i fi fynd. Hwyl i ti nawr. Joia dy hunan. A chofia di, bydd Jac yno i edrych ar dy ôl di.' Gwlychodd Ann Morris gornel ei hances cyn ei defnyddio i sychu'r siocled a oedd wedi caledu ar wefusau Rhys.

'Ta-ra Mam!' atebodd Rhys gan frwydro i gadw'r dagrau'n ôl.

'Ta-ra cariad,' atebodd hithau gan roi un cwtsh mawr olaf i'w mab ieuengaf. O'r diwedd, gollyngodd e'n rhydd a throi i gyfeiriad y drws. Yna, fel petai newydd gofio bod ganddi fab arall hefyd, trodd yn frysiog at Jac. 'Ta-ra pwt. Joia. A bihafia!'

'Hm,' mwmiodd Jac yn dawel. Yna wrth iddo wylio'i fam yn gadael y Neuadd, gwelodd hi'n troi unwaith yn rhagor i'w wynebu cyn gweiddi, 'A gwna'n siŵr dy fod ti'n gofalu am dy frawd bach!'

*   *   *

Awr yn ddiweddarach, roedd y bechgyn yn eistedd yng nghefn y bws wrth i hwnnw deithio ar hyd heol brysur yr arfordir i gyfeiriad Llangrannog. Roedd pawb wedi gorfod dioddef yr un sgwrs flynyddol gan Mr Ifan cyn gadael y Neuadd, wedi dioddef yr un brys i roi'u bagiau ar bws, a'r un rhuthr wedyn i gyrraedd y sedd gefn. A nawr, wrth glywed Rhys yn canmol ei hun am y canfed tro am ei sgiliau sgio, roedd y bechgyn yn difaru nad ar y ffordd adref o'r gwersyll yr oedden nhw'r eiliad honno.

'Pam yr wynebe hir, fechgyn?' gofynnodd llais cyfarwydd wrth i'r bechgyn sylwi ar un o'r athrawon yn sefyll ar ganol yr eil o'u blaenau.

'Dim rheswm arbennig, Miss Hwyl,' atebodd y pedwar gyda'i gilydd.

'Chi'n siŵr? Chi'n siŵr nad oes rhywbeth, neu *rywun . . .*' meddai gan daflu cip sydyn i gyfeiriad Rhys, 'yn eich poeni chi?'

'Erbyn meddwl, Miss,' meddai Jac gan wenu ar ei athrawes. 'Ma' rhywbeth *bach* yn dechrau mynd dan 'y nghroen i.'

'Deall yn iawn, Jac!' atebodd Miss Hwyl gan wenu. 'Rhys!' meddai'n sydyn, 'mae angen cwmni arna i lawr yn y blaen. Dere!'

Diflannodd Rhys fel ci bach y tu ôl i'w athrawes. Dyma'r tro cyntaf i'r bechgyn gael cwmni Miss Hwyl ar y bws ers yr anffawd gyda'i char yng Nghaerdydd y llynedd. Er gwaethaf ei salwch bws, roedd hi wedi mentro dod gyda nhw eleni, gan nad oedd y daith i Langrannog yn rhy bell.

'Chi'n meddwl y cawn ni lonydd 'leni te?' gofynnodd Rhodri wedi iddyn nhw fynd trwy dref Aberaeron.

'Llonydd? Gan bwy?' holodd Glyn yn ddryslyd.

'Llonydd rhag unrhyw antur! Ro'dd Mam a Dad rhwng dau feddwl p'un ai i adel i fi ddod ar y daith 'ma eleni.'

'Dwi'n gwbod be ti'n feddwl,' cytunodd Deian. 'Ges i rybudd gan Dad-cu y bore 'ma i gadw mas o drwbwl. Dyw e ddim eisie i fi ga'l dolur gan y byddwn ni'n cneifio dros y penwthnos nesa, a fi sy'n paco'r gwlân! Wel, fi a Glyn.'

'Dwi'n edrych mla'n at hynny, Dei boi!' meddai Glyn gan rwbio'i ddwylo'n gyffrous. 'Dwi erio'd wedi bod yn cneifio o'r blaen. Chware teg i dy dad-cu am 'y ngwahodd i draw!'

'Ti'n deall na fyddi di'n cael *cneifio*, yn dwyt ti?' holodd Deian. 'Paco gwlân gyda fi fyddi di.'

'Ie, ie, dwi'n deall 'ny!' meddai Glyn. 'Ond dwi'n siŵr o ga'l siot ar gneifio *un* ddafad o leia . . .'

'Dwi ddim yn credu!' torrodd Deian ar ei draws yn syth. 'Ma' cneifio dafad yn jobyn anodd! A ta beth, bydd digon o waith gyda ti i baco'r holl wlân!'

Ymunodd Rhodri yn y sgwrs. 'Bydd well i tithe gadw mas o drwbwl 'fyd te, Glyn, os wyt ti am beidio ca'l dolur, fel Deian,' meddai. 'Bydd hynny'n anodd i ti!'

'Dwi byth mewn trwbwl!' protestiodd Glyn.

'Gwed ti!' chwarddodd Deian wrth bwnio Glyn yn ei ochr. 'Na, wir nawr bois, rhaid i ni neud ymdrech arbennig dros y tridie nesa 'ma i gadw'n trwyne'n lân, a gwneud y gore o'r haul maen nhw'n addo. Wneith penwythnos bach tawel, braf, y tro'n iawn i ni!'

Gyda hynny, dechreuodd diferion glaw oglais ffenestri mawr y bws wrth i gymylau du, bygythiol araf lenwi'r awyr uwchben Bae Ceredigion. Roedd llais Rhys yn dal i'w glywed yn uchel o un o seddi blaen y bws wrth iddo barhau i frolio'i gampau sgio wrth Miss Hwyl.

'Dwi ddim yn credu rhywsut bod y tridie nesa'n mynd i fod yn rhai tawel!' meddai Jac.

2

Y Ffordd Beryglus

Pan gyrhaeddodd y bws faes parcio Gwersyll Llangrannog, rhuthrodd pawb allan ohono gan ddal eu trwynau a phesychu'n uchel. Yn anffodus, roedd *un* aelod o'r cwmni wedi dechrau teimlo'n sâl pan drodd y bws oddi ar y brif ffordd a theithio ar hyd yr heolydd cul a throellog i lawr i gyfeiriad y pentref. Yn fwy anffodus fyth, penderfynodd y plentyn hwnnw *beidio* â dweud wrth yr athrawon ei fod yn teimlo'n sâl, ac er efallai y dylen nhw fod wedi sylwi bod rhywbeth o'i le, wnaethon nhw ddim. Ac felly, heb unrhyw rybudd, chwydodd ei holl frecwast dros sedd y bws, ei ddillad ei hun, a dillad yr athrawes a eisteddai wrth ei ymyl. A'r unigolyn hwnnw, wrth gwrs, oedd Rhys.

'Haleliwia, Jac!' bloeddiodd Glyn gan anadlu'n ddwfn trwy'i geg wrth bwyso yn erbyn y ffens y tu allan i'r Ganolfan Chwaraeon. 'Be fwytodd Rhys i frecwast? 'Na'r arogl mwya afiach erio'd!'

'Wel, gad i fi feddwl nawr. Ym, o leia dri darn o dost a jam i ddechrau,' mentrodd Jac, gan ddechrau cyfri ar ei fysedd. 'Wedyn llond plât o facwn, wyau a selsig . . . dau bot mawr o iogwrt mefus gyda llond powlen o ffrwythau cymysg, heb sôn am faryn o siocled yn y car ar y ffordd i'r ysgol. Felly, cymysga rheina i gyd, a 'na beth aroglest ti ar y bws!'

'Ti'n gweud y gwir?' holodd Rhodri, yn methu credu'r peth.

'Bob gair!' atebodd Jac. 'Chi'n meddwl mod i'n bwyta lot? Ma' Rhys yn gallu bwyta dwywaith gymaint!'

Cafodd Rhys ei arwain oddi ar y bws, a golwg ddychrynllyd arno. Cerddai'n lletchwith iawn oherwydd bod ei ddillad gwlyb, drewllyd, yn glynu at ei groen. 'Dwi ishe Mam!' sniffiodd wrth ymlwybro tua'r toiledau agosaf.

Gorchmynnwyd i Jac ddod o hyd i fag ei frawd er mwyn cael dillad glân iddo, ac aeth yntau ati i dwrio yng nghrombil y bws amdano. Aeth y bechgyn eraill i'w helpu.

'Sut yn y byd y gallwn ni ddiodde tri diwrnod o hyn?' ochneidiodd Deian gan ddechrau tynnu'r bagiau o'r bws a'u gosod ar y palmant. 'Dim ond pum munud sy 'na ers i ni gyrraedd Llangrannog a ma' fe'n creu'r ffŷs ryfedda'n barod!'

'O leia ma' fe'n tynnu'r sylw oddi arna i,' meddai Glyn gyda hanner gwên yn lledu ar draws ei wyneb.

'Oedd gyda *ti*, Glyn, rywbeth i wneud â salwch Rhys?' holodd Mr Llwyd wrth gydio mewn bag o afael Deian.

'Fi, Syr?' gofynnodd Glyn yn ddiniwed. Roedd e'n methu'n lân â chredu'i glustiau!

'Ie! *TI*, Glyn Davies! Roddest ti ryw losin neu'i gilydd iddo fe, i wneud iddo fynd yn sâl?' holodd yr athro'n amheus. Roedd e'n hen gyfarwydd â thriciau Glyn.

'Mr Llwyd, ro'n i'n eistedd reit yn y cefn, a Rhys yn eistedd yn y blaen. Pryd y'ch chi'n meddwl y ces i gyfle i roi losin iddo fe?'

'Hm . . . ie . . . wel,' sibrydodd Mr Llwyd dan ei anadl, cyn troi i gadw trefn ar y plant eraill. Roedd rhai ohonyn nhw wedi dechrau rhedeg lawr i gyfeiriad yr astro er mwyn chwarae gêm o tig.

'Glywsoch chi hynna? Rhoi'r bai arna i eto! Wnes i ddim byd!'

'Am unwaith!' cynigiodd Rhodri.

'Ie, dere mla'n, Glyn. Alli di ddim beio Mr Llwyd. Petai Rhys heb dynnu sylw ato'i hunan, dwi'n siŵr y byddet ti wedi gwneud rhyw ddrygioni erbyn hyn. Alli di ddim gwadu hynny!'

Cododd Glyn ei ysgwyddau. Roedd y bechgyn yn iawn, sbo, ond fe ddangosai e iddyn nhw. Roedd e'n mynd i fihafio'i hun yn ystod y tridiau nesa 'ma, roedd wedi penderfynu. A beth bynnag, doedd dim angen iddo fe fod yng nghanol unrhyw helynt – byddai'n llawer mwy o hwyl gwylio Rhys, druan, yn tynnu nyth cacwn am ei ben!

Ar ôl i bawb ddod o hyd i'w bagiau a'u sachau

cysgu, arweiniodd Mr Llwyd hwy i lawr i'r Neuadd Ymgynnull. Ymunodd Miss Hwyl a Rhys â nhw, a'r ddau bellach yn gwisgo dillad glân, ffres. Er hynny, cadwodd pawb eu pellter oddi wrth Rhys – pawb ar wahân i Llŷr, ei ffrind gorau.

Yno, o'u blaenau, safai dynes ifanc yn aros i'w cyfarch. Edrychodd ar ei watsh wrth i'r plentyn olaf lusgo i mewn.

'Bore da i chi i gyd, a chroeso i Wersyll yr Urdd Llangrannog. Lowri ydw i a dwi'n mynd i dreulio'r chwarter awr nesa'n gwneud tri pheth, sef egluro rheolau'r gwersyll, cyflwyno amserlen y tridiau nesaf, ac ateb unrhyw gwestiynau yr hoffech eu gofyn.'

Aeth Lowri'n syth ati i egluro'r rheolau tân, a nodi ffiniau'r gwersyll, gan bwysleisio nad oedd neb i grwydro i unman heb oedolyn yn gwmni. Disgrifiodd y gweithgareddau, yn cynnwys gwib-gartio, merlota, taith i'r Ganolfan Treftadaeth, certiau modur a mwy. Roedd y plant wedi'u cyffroi'n lân erbyn hynny. Dychwelodd y lliw i fochau Rhys hefyd wrth glywed am yr holl weithgareddau anturus.

'Nawr te, oes cwestiwn gan rywun? Er, does dim amser i holi gormod gan eich bod chi hanner awr yn hwyr yn barod,' ychwanegodd Lowri. Cododd un neu ddau o blant eu dwylo.

'Ie, ti?' meddai gan bwyntio at Eirlys.

'Fuodd 'y mrawd i yma ychydig amser yn ôl, a wedodd e eu bod nhw wedi mynd ar daith gerdded dros y clogwyni i lawr i bentref Llangrannog ac i'r traeth. Fyddwn ni'n gwneud hynny?'

'Cwestiwn da,' atebodd Lowri gan wenu. 'Byddwn, mi fyddwn ni'n gwneud hynny. Heno, ar ôl swper. Er ei bod hi'n glawio ychydig ar hyn o bryd, fe ddylai glirio erbyn diwedd y pnawn. Mae'r olygfa'n werth ei gweld!'

'Ie?' meddai Lowri eto wrth bwyntio at Megan a oedd hefyd wedi codi'i llaw.

'Ai chi yw Pennaeth y Gwersyll?' holodd Megan yn dawel.

'Nage wir, Steffan Jenkins yw'r Pennaeth. Mae e'n sâl ar hyn o bryd, neu fe fydde fe yma i'ch croesawu chi.'

Tro Glyn oedd hi i godi'i law nawr. 'Beth sy'n bod arno fe?'

'Mae e'n sâl, a gartre'n ei wely. Rhywbeth mae e wedi'i fwyta, siŵr o fod.'

Cododd Glyn ei law eto. 'Be wnaeth e 'i fwyta?'

'Wel y jiw, jiw, ti'n fusneslyd, achan!' meddai Lowri gyda thinc o dwt-twtian yn ei llais. 'Os oes raid i ti gael gwbod, mae'r meddyg yn meddwl mai wedi bwyta pysgodyn heb ei goginio'n iawn yr o'dd e, ar ôl bod allan yn pysgota ar y môr ddoe.'

Cododd Glyn ei law eto, ond chafodd e ddim cyfle i ofyn cwestiwn arall.

'Dyna ddigon o gwestiynau am nawr,' cyhoeddodd Mr Llwyd wrth gamu draw at Lowri. 'Dwi'n meddwl y byddai'n syniad da i bawb fynd i ddadbacio er mwyn cael dod 'nôl fan hyn erbyn cinio.'

Cododd y plant i gyd ar eu traed gan gydio yn eu bagiau a'u sachau cysgu. Llwyddodd Jac, Glyn, Deian a Rhodri i wthio'u hunain tua blaen y ciw er mwyn bod wrth sodlau Lowri a bod ymysg y rhai cyntaf i gyrraedd bloc cysgu'r Hendre. Roedden nhw'n awyddus i sicrhau eu bod yn rhannu stafell i bedwar cyn i Mr Llwyd fedru rhoi stop ar eu cynlluniau. Aeth y pedwar ati o ddifri wedyn i ddadbacio, gan osod eu sachau cysgu'n drefnus ar y gwelyau a rhoi eu gorchudd gobennydd eu hunain am y clustogau. Erbyn i Mr Llwyd sylweddoli beth oedd yn digwydd, roedd y bechgyn wedi hen setlo yn eu stafell.

'Www, mae'n flin 'da fi eich styrbio chi, fechgyn,' meddai, gan edrych o gwmpas y lle a sylwi ar y bagiau wedi'u gosod yn daclus o dan y gwelyau a'r dillad wedi'u plygu'n drefnus ar y silffoedd. Roedden nhw hyd yn oed wedi rhoi eu sebon molchi a'u brwsys a'u past dannedd ar y silff yn y stafell molchi hefyd.

'Allwn ni eich helpu chi, Syr?' gofynnodd Jac yn gwrtais gan godi'i ben o'i lyfr.

'Ym . . . na, dwi ddim yn meddwl 'ny, fechgyn,' meddai Mr Llwyd, gyda thinc dryslyd yn ei lais. 'Do'n i ddim wedi bwriadu gadael i chi rannu stafell eleni eto, yn enwedig ar ôl holl helynt y gorffennol, ond . . .' Edrychodd o'i gwmpas eto a phenderfynu efallai bod y bechgyn wedi aeddfedu digon iddo fedru ymddiried ynddyn nhw.

'Allwn ni ailbacio popeth a symud stafell os y'ch chi'n moyn?' cynigiodd Deian gan godi ar ei eistedd ar y gwely. 'Fyddwn ni ddim yn hir nawr . . . Jac, wyt ti am symud stafell gyda fi, neu beth amdanat ti, Rhods?'

'Na, na, fechgyn, 'sdim angen i chi wneud hynny,' protestiodd Mr Llwyd yn gyflym. 'Chwarae teg, ry'ch chi wedi setlo erbyn hyn. Wela i chi yn y ffreutur amser cinio, ymhen rhyw chwarter awr.' Ac aeth allan o'r stafell yn dawel gan gau'r drws yn glep ar ei ôl.

Arhosodd y bechgyn yn llonydd am ychydig amser cyn codi oddi ar eu gwelyau a dechrau dawnsio'n wyllt o amgylch y lle. 'Glyn boi, ti'n *genius*!' canmolodd Jac gan roi *high five* i'w ffrind gorau. 'Wedes i y bydde fe'n gweithio, yn do fe? Dwi'n credu mod i'n nabod Mr Llwyd yn well na ma' fe'n nabod 'i hunan!'

Llanwodd y stafell â chwerthin. 'Ac mae arna i ofn fod yn rhaid i mi dy ganmol di, Deian, hefyd!' aeth Glyn yn ei flaen gan guro cefn Deian â'i law. 'Wnest di actio'n eitha da fan'na – *Allwn ni symud stafell os y'ch chi'n moyn* . . . Ha!'

Canodd y gloch yn uchel drwy'r Hendre gan atgoffa pawb ei bod hi'n amser bwyd. Roedd boliau'r bechgyn yn gwegian erbyn hynny, a neb yn fwy felly na Glyn a Jac.

'Ble y'ch chi'n meddwl mae Rhys yn cysgu?' gofynnodd Jac yn sydyn.

'Gyda thipyn bach o lwc, byddan nhw wedi ffeindio rhyw ogof fach dawel iddo fe a Llŷr i lawr ger y traeth yn rhywle!' meddai Deian gan wenu.

Gwenodd Glyn a Rhodri hefyd. Ond taflu cipolwg i gyfeiriad y silffoedd dillad a wnaeth Jac. Oedd, roedd ei gyfrinach yn dal yn ddiogel, meddyliodd.

3

Y Ferlen Ddu

'Wel, o leia ma' fe'n well na chinio'r ysgol! Be chi'n feddwl, bois?' gofynnodd Glyn wrth amsugno gweddill saws y ffa pob gyda'i ddarn olaf o fara menyn, a'i stwffio i'w geg.

'Cytuno gant y cant!' poerodd Deian â llond ei geg o sglodion.

Ni ddywedodd Rhodri air. Roedd e'n rhy brysur yn canolbwyntio ar fforc Jac wrth i honno droi a throsi'r bwyd oedd ar ei blât.

'Popeth yn iawn, Jac?' gofynnodd o'r diwedd.

'Hei, Jac, dyw hi ddim fel ti i adael dy fwyd ar ôl! Ti braidd wedi cyffwrdd â'r sglodion 'na, achan! Ti'n dost neu rywbeth?' gofynnodd Glyn yn ogleisiol. Roedd yntau hefyd wedi sylwi bod Jac yn dawelach nag arfer.

'Na! Dwi'n ocê bois, wir i chi. Dwi jyst . . . jyst ddim yn teimlo gant y cant 'na 'i gyd.'

'O wel, os wyt ti'n gweud!' meddai Deian, gan helpu'i hun i lond dwrn o sglodion oddi ar blât ei ffrind. 'Sdim ishe gwastraffu bwyd da, oes e!'

Helpodd y lleill eu hunain i weddill y sglodion, cyn

troi eu sylw at yr amserlen a rannwyd i bawb wrth iddyn nhw giwio am eu cinio.

'Reit te,' dechreuodd Rhodri gan roi ei gopi'n fflat ar y bwrdd. 'Yn gynta, byddwn ni'n mynd i farchogaeth, neu – yn iaith Glyn – reido ceffylau!' Chwarddodd Jac a Deian ar jôc fach Rhodri, ond gwgodd Glyn. 'Wedyn, byddwn ni'n mynd i'r Ganolfan Treftadaeth, ac ar ôl 'ny byddwn ni'n . . .'

'Wow, wow, wow! Aros eiliad,' torrodd Glyn ar ei draws. 'Y Ganolfan be?'

'Y Ganolfan Treftadaeth,' ailadroddodd Rhodri gan dynnu anadl hir.

'Be ar y ddaear yw peth felly?'

'Wel, rhyw le i arddangos rhai o weithiau celfyddydol yr ardal, lle y gallwn ni fel Cymry ymfalchïo yn ein hetifeddiaeth.'

'Wow, wow, wow!' meddai Glyn. 'Gwed hynna eto . . . ond yn Gymraeg y tro 'ma! Ddeallais i'r un gair wedest ti, achan!'

Wrth weld wyneb Rhodri'n dechrau cochi, llamodd Deian i achub ei gam. 'Lle i hongian llunie a dangos hen bethe . . . yn debyg iawn i amgueddfa,' meddai.

'Iawn te!' meddai Glyn gan eistedd yn ôl yn ei sedd. 'Trueni na fydde Rhodri wedi gweud hynny i ddechre, yn lle palu mla'n am ryw "weithiau celfyddyd" ac "etifeddiaeth"! Beth bynnag,' meddai, gan fyseddu'i ffordd i lawr y dudalen, 'taith i lawr i'r traeth fydd gweithgaredd gyda'r nos heno, er nad yw e'n dweud hynny ar y daflen. Ac wedyn gwely. Fory, ma' llwyth o bethe fel sgio, gwib-gartio a digonedd o bethe erill mla'n 'da ni.'

'Gore i gyd po lawnaf yw'r amserlen,' mentrodd Glyn, 'achos os gewn ni amser sbâr, dyna pryd ry'n ni'n debygol o ga'l ein hunain mewn i drwbwl! Ac fel wedes i, dwi am osgoi hynny 'leni. Cytuno, bois?'

'Cytuno!' adleisiodd ei ffrindiau'n bendant.

Hanner awr yn ddiweddarach, roedd y bechgyn yn sefyll gyda gweddill eu grŵp mewn sied enfawr, yn wynebu merlen ddu. Casi oedd ei henw, a dyna ddechrau ar y tynnu coes.

'Hei, Dei,' meddai Glyn gan sibrwd yn uchel yn ei glust. 'Casi yw enw cynta dy fam, ontefe?'

'Ie . . .' atebodd Deian, gan ddechrau amau beth oedd yn dod nesaf. Roedd e'n nabod Glyn yn rhy dda.

'Hm, o'n i'n meddwl taw e . . .' ychwanegodd Glyn, gan ddal i droi'r llwy bren. 'Erbyn meddwl, mae'n edrych yn eitha teby–'

'DIM GAIR ARALL!' gwaeddodd Deian dros y sied i gyd gan beri i'r ferlen druan weryru mewn ofn. Chwarddodd Glyn yn dawel bach wrtho'i hunan. Tasg hawdd iawn oedd cynhyrfu Deian!

'Deian! Wnei di fod yn dawel?!' arthiodd Mr Llwyd wedi iddo helpu'r hyfforddwr i dawelu'r ferlen.

'Sori, Syr,' meddai Deian gan geisio pwnio braich Glyn. Neidiodd hwnnw'n ei ôl i'w osgoi. Yn ystod y munudau nesaf, ychydig iawn o sylw gymerodd Glyn o'r hyfforddwr. Roedd yn well ganddo gicio rhyw belen fach o faw yn ôl ac ymlaen rhwng ei ddwy droed.

'Psst! Glyn! Gwell i ti wrando ar beth ma' hwn yn weud, neu fydd dim syniad 'da ti shwt i farchogaeth y merlod 'ma!' sibrydodd Rhodri yng nghlust ei ffrind.

'Sdim byd yn anodd am reido ceffyl ta beth!' meddai Glyn gan godi'i ysgwyddau. 'Dim ond eistedd ar ei gefn a dal yn sownd mewn rhaff – dim problem!'

'Iawn te! Mae angen gwirfoddolwr arna i i farchogaeth y ferlen 'ma o amgylch y sied,' cyhoeddodd yr hyfforddwr wedi iddo ddod i ddiwedd ei gyflwyniad. Cododd nifer o blant eu dwylo'n frwdfrydig.

'Arhoswch funed nawr!' meddai, gan fyseddu'i farf yn feddylgar. 'Dwi ddim eisie rhywun sydd wedi marchogaeth o'r blaen, bydde hynny'n rhy rhwydd! Na, dwi eisie rhywun sydd erioed wedi marchogaeth, er mwyn gweld a oedden nhw'n gwrando'n astud.' Aeth yn ôl at y ferlen a mwytho'i thrwyn yn dyner â'i law. 'Oes rhywun 'ma sydd heb farchogaeth o'r blaen, ac a fydde'n hoffi dangos i bawb arall sut mae gwneud?'

Yn sydyn, gwasgodd Deian bensil miniog i mewn i goes Glyn nes i hwnnw neidio'n ei flaen a gwichian yn uchel.

'Wel, wel, dere mla'n te, fachgen, os wyt ti mor

25

awyddus â hynny!' chwarddodd yr hyfforddwr wrth sylwi ar Glyn o'i flaen yn rhwbio'i goes yn frysiog.

'Na, na, nid eisie marchogaeth o'n i . . !' protestiodd Glyn, ond roedd hi'n rhy hwyr.

'Dere mla'n nawr, fachgen, paid â newid dy feddwl. Does dim ofn arnat ti?'

'Dim o gwbl!' meddai Glyn, gan gamu'n hyderus tuag at Casi.

Sylwodd yr hyfforddwr ar ei hyder newydd a dechreuodd anesmwytho. 'Nawr te, cofia fod yn dyner gyda hi. Casi yw fy ffefryn i, ontefe Cas?' Gweryrodd y gaseg yn dawel fel petai'n deall bob gair. Yr eiliad nesaf, roedd Glyn ar ei chefn ac yn gosod ei draed yn y gwartholion.

'Ti'n gwbod beth i neud, on'd wyt ti?' gofynnodd yr hyfforddwr eto. 'Wnest ti wrando'n astud ar bopeth yn gynharach?'

'Pob gair!' atebodd Glyn yn gelwyddog.

Yr eiliad nesaf, rhoddodd Glyn gic sydyn i ochr y ferlen nes i Casi lamu'n ei blaen allan o afael ei hyfforddwr. Cydiodd Glyn yn frysiog yn yr awenau rhag colli'i afael arni. Yna, dechreuodd y ddau garlamu allan o reolaeth o gwmpas y sied, a'r hyfforddwr yn rhedeg ar eu holau. Roedd y ferlen wedi gwylltio'n gacwn ac yn cyflymu gyda phob eiliad roedd Glyn ar ei chefn. Wrth i weddill y plant wylio'n syn, pender-fynodd Deian agor un o ddrysau'r sied gan adael y ffordd yn glir i Glyn a'r ferlen fentro allan i'r heulwen.

'O na!' oedd yr unig eiriau y llwyddodd Mr Llwyd i'w hyngan wrth wylio'r hyfforddwr yn disgyn ar ei liniau o flaen y drws agored.

'CASI!' gwaeddodd yr hyfforddwr yn daer.

Rhuthrodd Jac a Rhodri heibio iddo, a thrwy'r drws, gan gael cipolwg o Glyn a Casi'n trotian o'r golwg ar hyd y lôn, draw i gyfeiriad y llethr sgio.

'Pam yn y byd wnest di agor y drws?' gofynnodd Rhodri mewn penbleth wrth i Deian ailymuno â'r criw.

'Wneith hynna ddysgu gwers i Glyn i beidio â chymharu Mam â cheffyl eto!' oedd unig sylw Deian.

Toc, roedd Casi a Glyn i'w gweld yn trotian i lawr ar hyd llwybr yr arfordir, y tu hwnt i'r llethr gwib-gartio. Erbyn hynny, roedd galwad wedi mynd allan am fwy o bobl i'w helpu, wrth i swyddogion y gwersyll gysylltu â'i gilydd ar eu radios personol. Danfonwyd dau swyddog i gyfeiriad y clogwyni ar gefn cwads, ac aeth dau arall mewn cerbyd pwerus ar hyd yr heol i gyfeiriad pentref Llangrannog. Dechreuodd Deian ofni ei fod wedi mynd yn rhy bell y tro hwn. Ble bynnag yr edrychai, rhythai pawb yn gas arno. Ond er gwaetha'r holl wynebau dig, roedd o leiaf un yn gwenu arno – Megan. Rhoddodd hi winc enfawr arno a chodi'i dau fys bawd yn llawen. Wrth gwrs, doedd dim byd yn plesio Megan yn well na gweld Glyn yn ei chanol hi! Trodd Deian ei ben yn wyllt er mwyn osgoi edrych arni cyn cerdded i gyfeiriad ei stafell wely. Roedd angen llonydd arno.

Ond bron cyn gynted ag y gorweddodd ar ei wely, clywodd ddolen y drws yn troi. Jac oedd yno. Cododd Deian ar ei eistedd ar amrantiad. 'Ydyn nhw wedi'i ffeindio fe?' gofynnodd.

'Na, ddim eto,' atebodd Jac yn bryderus.

'Oes unrhyw sôn amdanyn nhw te?'

'Na, 'dyw'r swyddogion ddim yn fodlon dweud gair wrthon ni!'

Gyda hynny, cododd Jac ar ei draed. Aeth draw at y silffoedd dillad a gwthio'i law yn ofalus rhwng dwy siwmper. Tynnodd rywbeth allan. Yna, aeth yn ôl i eistedd yn ymyl Deian.

'Beth yw hwnna?' gofynnodd Deian yn syn.

'Radio personol,' atebodd Jac, cyn troi'r swits i ddeffro'r teclyn bach. 'Mae gan Rhys un hefyd. Syniad Mam oedd e, fel bod Rhys yn gallu cysylltu â fi yn ystod y nos, os digwydd iddo gael pwl o hiraeth.'

'Rhyw fath o *walkie-talkies* 'yn nhw?'

'Ie, digon tebyg. Ond fe ddylen nhw allu codi sain oddi ar sawl math o radio personol arall. Gad i mi weld nawr . . . os dwi'n troi hwn . . . mae e'n newid sianelau wrth fynd o un *frequency* i'r llall.'

Clywodd y ddau fachgen y teclyn bach yn clecian wrth i Jac droi'r swits yn araf gan aros i glywed lleisiau. Yna, yn sydyn, roedd llais clir i'w glywed dros y tonfeddi. Llais dyn.

'Ie . . . fe ddyle'r ddou ohonyn nhw gyrraedd 'nôl

unrhyw funud nawr!' meddai. 'Ma'n nhw wedi ca'l 'u gweld ar y ffordd tu allan i'r gwersyll.'

'Ry'n ni'n barod amdanyn nhw!' cyhoeddodd llais arall – llais dynes y tro hwn. Edrychodd Deian a Jac ar ei gilydd cyn codi'n gyflym a rhuthro allan drwy'r drws.

4

Trysorfa T. Llew

Pan ddychwelodd Glyn a Casi drwy'r brif fynedfa, edrychai Glyn fel brenin oedd yn cyrraedd 'nôl i'w lys wedi bore prysur o hela. Eisteddai'n urddasol ar gefn y ferlen wrth i honno drotian yr un mor urddasol ar hyd yr heol fach. Yna safodd yn stond, yn unol â gorchymyn Glyn. Neidiodd yntau oddi ar ei chefn wrth i bawb o'u cwmpas edrych yn eitha syn. Roedd hyd yn oed yr hyfforddwr yn crafu'i farf mewn penbleth. Sut ar y ddaear oedd Glyn wedi llwyddo i feistroli'r ferlen ar ôl iddi ddiflannu mor wyllt o'r gwersyll?

Ar ôl pryd go lew o dafod gan Mr Llwyd a Miss Hwyl, roedd ffrindiau Glyn yn awchu am glywed y stori.

'Ble buoch chi i gyd te, Glyn?' holodd Deian, gan geisio swnio'n hamddenol.

'W! Aethon ni am dro bach neis, yn do fe, Cas?' atebodd Glyn gan fwytho trwyn y ferlen fel petaen nhw'n hen ffrindiau.

'Ie, ond i ble?' gofynnodd Jac y tro hwn, ychydig yn fwy eiddgar.

'I'r caeau. Wedyn aethon ni lawr i Langrannog am gip fach glou, cyn dod 'nôl ar hyd yr heol gul 'na tua'r gwersyll.'

Edrychodd Deian a Jac ar ei gilydd mewn penbleth.

'Dere mla'n nawr, Glyn – gwed y gwir, wnei di? Aethoch chi mas o fan hyn fel cath i gythraul! Yna, hanner awr yn ddiweddarach, dyma ti'n dod 'nôl yn jocôs reit, fel Owain Glyndŵr ar gefn ei hoff farch ar ôl ennill brwydr dyngedfennol.'

'Olreit, olreit! Fel hyn o'dd hi, bois. Dwi'n cyfadde, do'n i ddim yn siŵr iawn ar y dechre shwt i drin Casi, ond ar ôl tipyn o amser yn dal yn sownd ynddi, dechreues i ddod i ddeall bod angen ei llywio hi. Yna, fel petawn i'n breuddwydio, daeth llais yr hyfforddwr 'na yn ôl i nghlustie i ac ro'n i'n clywed ei gyfarwyddiade fe'n glir yn fy mhen! Wir i chi, bois! A'r eiliad nesa, dyma Casi fan hyn yn dechre gwrando'n berffaith arna i.'

'Wel, os o'dd meistroli'r gaseg mor rhwydd â hynny, pam mai dim ond nawr ry'ch chi'n dychwelyd, ar ôl dros *hanner awr*?!' mentrodd Deian.

'Fel wedes i,' aeth Glyn yn ei flaen, 'aethon ni am dro bach. Lawr ar hyd y clogwyni at y traeth, a 'nôl wedyn i bentre Llangrannog. Trwy lwc, roedd fan hufen iâ wedi parcio yn ymyl tafarn y Ship, felly ges i gôn enfawr gyda fflêc, ac fe gafodd Casi lolipop oren. Wedyn, fe ddaethon ni 'nôl i'r gwersyll – a dyma ni!'

Doedd y bechgyn ddim yn siŵr p'un ai i gredu Glyn

neu beidio. Ond roedd un peth yn sicr, wrth wylio Casi'n llyfu'i gwefusau'n frwdfrydig ar ei ffordd yn ôl i'r stablau, roedd ei thafod hi'n lliw oren!

Gyda hynny, clywyd sŵn dau cwad pwerus a cherbyd mawr y swyddogion yn dod yn ôl i'r gwersyll. Yn eu plith roedd Lowri, a golwg reit flin ar ei hwyneb.

'P'un ohonoch chi yw Glyn?' gofynnodd yn grac, wrth gamu'n fras trwy ddrysau'r stablau. Camodd Glyn yn ei flaen.

'Yyy . . . fi,' atebodd yn araf ac yn dawel.

'Reit, dere 'da fi.' Trodd Lowri ar ei sawdl gan arwain Glyn allan i'r awyr agored unwaith eto ac i lawr i gyfeiriad y swyddfeydd.

'Beth y'ch chi'n feddwl sy'n mynd i ddigwydd iddo fe?' gofynnodd Jac yn bryderus. Roedd e'n cofio'r amser yng Ngwersyll Caerdydd y llynedd pan fu bron i Mr Llwyd ddanfon Glyn adref. Tybiai mai dyna'n union oedd bwriad Lowri y tro hwn hefyd. Yna, gwelodd y bechgyn Miss Hwyl yn cerdded heibio'r stablau.

'Miss Hwyl!' galwodd Deian gan redeg ati, gyda'r lleill yn ei ddilyn.

'Ie, Deian?'

'Beth fydd yn digwydd i Glyn? Fydd e'n cael ei anfon adre?'

'Does gen i ddim syniad eto, Deian, dwi ar fy ffordd lawr nawr i weld.'

Ar hynny, dyma gloch y gwersyll yn canu i atgoffa pawb bod y gweithgaredd nesaf ar fin cychwyn. Er ei fod yn cofio trefn popeth, tynnodd Rhodri ei amserlen allan o'i boced er mwyn cael rhywbeth i'w wneud. Cyhoeddodd mai'r Ganolfan Treftadaeth oedd nesaf, a bod angen anelu'n syth yno, heb Glyn.

'Does dim byd allwn ni wneud drosto nawr,' meddai gan edrych ar Deian. Roedd hwnnw'n dal i deimlo'n euog am achosi'r fath drwbwl. 'Man a man i ni gario mla'n a gobeithio'r gorau.'

Y bechgyn oedd y rhai cyntaf i gyrraedd y Ganolfan Treftadaeth gerllaw ac ymunodd swyddog ifanc â hwy ar unwaith. Synnodd y bechgyn o glywed mai hi oedd yn gyfrifol am dywys plant ac ymwelwyr eraill o gwmpas y lle. Roedd hi'n dal, o gymharu â'r bechgyn, ei gwallt du'n gorwedd yn donnau ar ei hysgwyddau llydan, a lliw haul yn amlwg ar groen ei hwyneb. Sylwodd y bechgyn ar ei dwylo hefyd, yn gryf fel dwy raw, a'r rheini'n rhychiog ac yn greithiau bach drostyn nhw i gyd. Digon blêr oedd ei gwisg hi – hen gardigan yn hongian yn llac, a sgert hir amryliw'n dyllau yma ac acw. Am ei gwddf crogai cadwyn â'r enw 'Mererid' arni.

Wedi i weddill y grŵp ymuno â nhw, a chael cyfle i ymweld ag Ogof T. Llew, daeth yn gwbl amlwg pam mai Mererid oedd yn gyfrifol am y Ganolfan Treftadaeth. Roedd hi mor frwdfrydig.

'Nawr, faint ohonoch chi blant sydd wedi clywed

am T. Llew Jones o'r blaen?' holodd a'i llygaid yn dawnsio.

Saethodd dwylo pawb i fyny.

'Da iawn. Beth, felly, oedd ei waith e?'

'Awdur oedd e, Miss!' cyfrannodd Llion.

'Cywir! Ond wyt ti'n gwbod beth oedd ei waith arall e? Hynny yw, doedd e ddim yn awdur llawn amser ar y cychwyn . . .'

Ysgydwodd Llion ei ben yn araf ond cododd rhyw bedwar o blant eu dwylo – Rhodri yn eu plith.

'Ai athro oedd e, Miss?' gofynnodd yn ansicr.

'Cywir!' atebodd Mererid wrth droi i wasgu botwm ar ei gliniadur a datgelu llun mawr o T. Llew Jones ar y sgrin o'u blaenau. 'A bu'n brifathro'n ogystal, mewn ysgol gynradd sy'n agos iawn at y gwersyll hwn a dweud y gwir. Wedi 35 mlynedd o fod yn athro, penderfynodd fod yn awdur llawn amser.'

Cododd Llion ei law eto. 'Esgusodwch fi Miss, sawl llyfr ysgrifennodd e?'

'Dros hanner cant o lyfrau i gyd, ar gyfer plant ac oedolion. Oes rhywun yn gallu enwi rhai ohonyn nhw?' holodd Mererid.

Unwaith eto, roedd yr aer yn drwch o ddwylo.

'*Barti Ddu!*' mentrodd Carwyn.

'*Tân ar y Comin,*' meddai Megan.

'*Y Ffordd Beryglus, Ymysg Lladron* a *Dial o'r Diwedd,*' cynigiodd Rhodri, yn dangos ei hun.

'*Ofnadwy Nos,*' ychwanegodd Deian.

'Ardderchog,' meddai Mererid gan edrych yn fodlon ei byd. 'Ry'ch chi'n amlwg yn gwybod llawer am lyfrau T. Llew!' Pwysodd fotwm arall ar ei gliniadur gan ddatgelu sgrin yn llawn lluniau o gloriau gwahanol lyfrau'r awdur. Pwysodd Mererid y botwm unwaith yn rhagor i ddatgelu un clawr yn unig y tro hwn, a hwnnw'n ymddangos yn enfawr ar y sgrin uwchben y plant. Roedd enw'r llyfr wedi'i guddio'n ofalus. Roedd y llun wedi'i dynnu o'r tu mewn i ogof, a gellid gweld y môr a'r lleuad lawn allan drwy geg yr ogof. Roedd yr awyr yn ddu, a'r sêr yn disgleirio. Eisteddodd y plant i gyd yn dawel.

'Oes rhywun am fentro enwi'r llyfr hwn?' gofynnodd Mererid gan edrych yn eiddgar o'i chwmpas.

Saethodd nifer o ddwylo i'r awyr.

'Dau gliw bach arall, cafodd y nofel ei chyhoeddi gyntaf nôl yn 1977, ac mae'n sôn am gymeriad o'r enw Siôn Cwilt . . .'

Erbyn hyn roedd llaw pawb yn chwifio'n uchel, ond rhoddwyd cyfle i Rhys ateb. *'Trysor y Môr-ladron!'* gwaeddodd gyda thinc hunan-fodlon yn ei lais. Edrychodd o'i amgylch gan gilwenu ar bawb.

'Anghywir!' atebodd Mererid. 'Oes rhywun am ddweud wrtho beth yw'r ateb?'

'Dirgelwch yr Ogof!' llafarganodd pawb gyda'i gilydd, gan wneud i Rhys druan deimlo'n dipyn o ffŵl.

Aeth Mererid yn ei blaen i siarad yn ddi-stop am T. Llew Jones. Roedd Jac yn ysu am gael gofyn cwestiwn.

'Os yw beth chi'n ddweud yn wir, a bod straeon T. Llew Jones yn sôn am ddigwyddiade go iawn, yna mae'n rhaid bod 'na ogofâu ar hyd arfordir Bae Ceredigion sy'n llawn casgenni brandi a thrysore a . . . wel . . . pob math o bethe?!'

Aeth ton o sibrwd drwy'r gynulleidfa.

'Digon gwir, digon gwir,' meddai Mererid wrth geisio tawelu'r sibrwd a oedd yn prysur droi'n siarad cyffrous. 'Ond cofiwch, hanesion o rai canrifoedd yn ôl yw'r rhain, felly byddai unrhyw drysorau wedi hen ddiflannu erbyn hyn. Ac yn bwysicach fyth, ffuglen oedd gweithiau T. Llew Jones, a'i ddychymyg e oedd y tu ôl i lawer o'r digwyddiadau. Felly, does fawr o obaith gweld ogofâu'n llawn trysor heddiw!' ychwanegodd gan chwerthin yn braf.

Chwarddodd y plant gyda hi. Ond roedd golwg ddifrifol iawn ar wynebau Jac a Deian.

5

Dysgu Difyr

Wrth ymuno â'r criw ar gyfer swper y noson honno, bron nad oedd y bechgyn wedi anghofio'n llwyr am Glyn. Roedd lluniau o draethau, ogofâu a thrysor yn dal i droelli'n eu meddyliau. Yna, dyma nhw gweld eu ffrind yn cerdded tuag atyn nhw o gefn y ciw. Roedd e bron â llwgu ar ôl y pnawn caled roedd e wedi'i gael, a doedd e ddim yn bwriadu aros un funud mwy nag oedd raid am ei swper.

'Glyn, boi! Ti'n dal 'ma?' gofynnodd Jac yn syn.

'Dim ond jyst!' atebodd Glyn, gan lygadu Deian ar yr un pryd.

'Hei! Clyw, do'n i ddim wedi meddwl dy ga'l di i drwbwl 'da'r gaseg. Bach o sbort oedd e i fod, 'na i gyd,' mentrodd Deian yn gyflym gan geisio darllen ymateb Glyn. Cododd hwnnw ei ysgwyddau'n ddifater.

'Wyt ti'n ca'l aros, te?' mentrodd Rhodri.

'Wrth gwrs mod i'n ca'l aros,' meddai Glyn, a'r hen wên gyfarwydd yn dechrau goglais ei wefusau. 'Wnest ti Dei ffafr â fi, a gweud y gwir!'

'Be ti'n feddwl?' gofynnodd yntau'n gyflym.

'Wel, pan arweiniodd Lowri fi i'r swyddfa, ro'n i'n siŵr mai mynd yno i ffonio fy rhieni roedd hi. Ond rhywbeth arall o'dd gyda hi mewn golwg!'

'Beth?' gofynnodd Deian eto gan ddechrau colli amynedd.

'Ma' hi wedi cynnig jobyn i fi!' atebodd Glyn, yn wên o glust i glust.

'Jobyn? Yn gneud beth?' gofynnodd Rhodri gan grafu'i ben.

'Yn ystod gwyliau'r haf eleni, ma' hi eisie i fi ddod lawr am wythnos achos ma'n nhw'n ca'l ambell geffyl newydd i mewn, ac ma' angen iddyn nhw ddod yn gyfarwydd â phlant, fel fi, ar 'u cefnau. Jobyn grêt, yntefe?'

Edrychodd y lleill ar ei gilydd mewn anghrediniaeth. Roedd hyn yn gwbl nodweddiadol o Glyn – cael ei hun i drwbwl, a dod mas ohoni'r ochr draw, ar ben ei ddigon.

Drwy lwc, doedd dim rhaid i'r bechgyn aros yn hir cyn eu bod yn cario platiau llawn o sglodion a physgod at fwrdd pella'r caban bwyta. Arllwysodd Glyn y sôs coch yn drwchus dros ei sglodion cyn dechrau ymosod arnyn nhw'n frwd â'i fforc. Ni siaradodd y bechgyn am rai munudau, gymaint oedd eu hawch am fwyd. Rhodri oedd y cyntaf i dorri ar y tawelwch.

'Gollest di sesiwn dda gynne fach, Glyn,' meddai, cyn cydio yn ei gwpan a chymryd diod o ddŵr.

'Pa sesiwn? Sesiwn y Ganolfan Treftadaeth ddiflas 'na?' gofynnodd Glyn a'i geg yn llawn. Llyncodd yn swnllyd cyn mynd yn ei flaen. 'Dwi ddim yn credu mod i wedi colli llawer, naddo Jac?'

'Wel, fel mae'n digwydd, do, fe wnest ti!' atebodd Jac gan wneud i Glyn godi'i aeliau, yn awyddus i glywed mwy. 'Fyddet ti'n meddwl bod eistedd am dri chwarter awr yn gwrando ar rywun yn siarad yn debyg iawn i wers yn yr ysgol. Ond yn wahanol i Mr Llwyd, roedd Mererid, un o'r swyddogion, yn ddiddorol iawn, iawn.'

'Wel, wel! Feddylies i erioed y bydden i'n dy glywed di, Jac, yn canmol y Ganolfan Treftadaeth!' meddai Glyn. 'Am beth o'dd hi'n siarad, te?'

'Am T. Llew Jones,' eglurodd Deian. 'Aethon ni i gyd i mewn i Ogof T. Llew ar gyfer . . .'

'Mewn i ble?' holodd Glyn gan dorri ar ei draws.

'Ogof T. Llew. Dyna beth yw enw'r adeilad 'na sy'n rhan o'r ganolfan. Ta beth, aethon ni mewn i'r "ogof" er mwyn gwylio ffilm fer ohono fe'n siarad.'

'Ond pam "ogof"?' gofynnodd Glyn eto, 'pam ddim "stafell" T. Llew, neu "adeilad" T. Llew?'

'Achos ei fod e wedi cynnwys nifer o ogofâu yn ei lyfrau . . .' dechreuodd Rhodri, gan synhwyro bod Deian neu Jac yn mynd i dorri ar ei draws e unrhyw eiliad.

'Ie, a ti'n gwbod beth y'n ni'n feddwl?' gwaeddodd Jac yn sydyn, fel petai newydd gofio am ei syniad cynharach. 'Bod 'na ogofâu llawn trysorau'n dal i fod ar arfordir Cymru!'

'Oes . . . yn enwedig ar arfordir Bae Ceredigion,' ychwanegodd Deian yn frwdfrydig.

'Paid â gwrando arnyn nhw!' gorchmynnodd Rhodri gan wgu ar ei ddau ffrind. 'Dim ond chi'ch dau o'dd yn ddigon twp i gredu hynny.

'Gwed ti, Rhodri – ond paid â disgw'l i ni rannu'r trysor gyda ti pan ffeindiwn ni e!' meddai Deian yn benderfynol. Ysgydwodd Rhodri ei ben yn araf. Roedd y bois yn gallu bod mor naïf weithie!

Jac oedd y cyntaf i orffen ei fwyd, gan nad oedd wedi bwyta braidd dim o'i ginio. Teimlai gymaint yn well erbyn hyn. Ond wrth weld Rhys yn swagro draw tuag atyn nhw â llond ei blât o bysgod a sglodion, synhwyrodd fod pethau ar fin gwaethygu.

'Shwmai, bois bach?' meddai Rhys yn uchel cyn gosod ei blât, ei gyllell a'i fforc i lawr ar y bwrdd er mwyn taflu mynydd o halen dros ei sglodion. Cododd y pedwar arall i adael.

'Peidiwch â ngadel i fan hyn ar ben fy hun, bois!' protestiodd Rhys yn uchel. Yna'n sydyn dechreuodd weiddi'n uchel gan wneud i'r plant oedd yn eistedd wrth y byrddau cyfagos droi i edrych arno'n syn.

'Rhys! Be ti'n neud, achan?' gofynnodd Jac yn grac.

'Dwi'n mynd i ddweud dy fod ti 'di nghicio i o dan y bwrdd!' sibrydodd Rhys yn sbeitlyd gan ddechrau gweiddi unwaith eto.

'Well i ni eistedd, bois!' cyhoeddodd Jac wrth y lleill.

'Pryd wyt ti'n mynd i dyfu lan, Rhys?' gofynnodd Glyn yn ddiamynedd wrth ailosod ei hambwrdd ar y bwrdd o'i flaen. 'Ti'n waeth nag Esyllt, fy chwaer fach i, achan!'

'Nawr, nawr Glyn! Fe ddyweda i wrth Miss Hwyl,' meddai Rhys. Gwgodd Glyn fwyfwy arno.

'Clywch bois, y cyfan dwi eisie wbod yw beth ry'n ni'n mynd i neud leni er mwyn hawlio'n lle yng nghefn y bws y flwyddyn nesa eto?' gofynnodd Rhys. 'Mae'n iawn i chi bois, chi'n mynd i'r ysgol uwchradd leni, felly dy'ch chi ddim yn poeni dim taten sy'n cael y sêt gefn. Ond i ni sy ar ôl, mae'n hollbwysig.'

'Beth wyt ti'n disgwyl i ni neud?' gofynnodd Jac yn ddiamynedd. 'Ry'n ni fel arfer yn setlo'r mater gyda gêm o fowlio deg, ond 'sdim canolfan fowlio deg i ga'l fan hyn, felly dyna ni! 'Sdim byd allwn ni neud, a 'na ddiwedd arni!'

'Ond ma'n rhaid i ni wneud *rhywbeth*!' protestiodd Rhys. 'Dewch mla'n, bois, chi'n gwbod pa mor bwysig yw hi i gynnal cystadleuaeth fach rhwng y merched a ni, a dyma'r cyfle ola i chi ga'l y gore ar Megan a'i chriw. Dwi'n siŵr y byddech chi'n hoffi gneud hynny cyn gadael yr ysgol gynradd?'

Edrychodd Glyn ar y lleill. Roedd Rhys yn iawn. Er iddyn nhw guro'r merched y llynedd, byddai gwneud hynny eleni eto'n rhoi'r eisin ar y gacen.

'Oes syniade 'da ti beth allen ni neud, te?' gofynnodd Glyn i Rhys o'r diwedd. Plannodd Rhodri ei ben yn ei ddwylo.

'Wel, meddwl o'n i,' dechreuodd Rhys, cyn stwffio llond ei geg o fwyd, 'y gallen ni ga'l ras naill ai ar y cwads neu'r cartiau modur . . .' Edrychodd y gweddill arno'n flin wrth wylio'r bwyd yn troi'n slwtsh yn ei geg.

Rhoddodd Jac glipen i'w frawd. 'Rhys, achan!' arthiodd. 'Sawl gwaith sy eisie gweud wrthot ti? Paid siarad â dy geg yn llawn!'

'Ma' Mam yn gadel i fi!' protestiodd Rhys gan fwytho cefn ei ben.

'Ma' Mam yn dy sbwylio di!' atebodd Jac. 'A beth bynnag, ma' dy syniad di'n un twp. Wneith y swyddogion fyth adael i ni rasio'n erbyn ein gilydd mewn cartiau modur – mae'n rhy beryglus.'

'Wel beth am sgio te?' cynigiodd Rhys. 'Ewn ni lan fesul pâr – un bachgen, un ferch – a rasio i'r gwaelod?'

'Eto – rhy beryglus.'

'Beth am wibgartio te? Fues i'n gwylio un grŵp wrthi heddi, a ma' tua chwech ohonyn nhw'n gallu mynd i lawr y llethr yr un pryd.'

Edrychodd y bechgyn ar ei gilydd eto. Doedd y syniad hwnnw ddim yn swnio'n rhy ffôl.

'Iawn, Rhys, wnewn ni hynny te. Allwn ni fynd nawr, plîs?' gofynnodd Deian gan ddechrau codi ar ei draed.

'Cewch!' atebodd Rhys, gyda darnau o bysgod a sglods yn tasgu allan o gorneli'i geg. Roedd diferion o sôs coch wedi sychu ar ei ên hefyd.

'Y mochyn!' meddai Jac.

Yn sydyn, canodd y gloch yn uchel i ddynodi bod angen paratoi i fynd ar y daith gerdded i bentref Llangrannog. Wrth gerdded tua'u stafell, sylwodd y bechgyn ar ambiwlans yn gadael y gwersyll, y golau glas yn fflachio a'r seiren yn byddaru pawb o fewn clyw.

'Oes rhywun wedi cael dolur?' gofynnodd Jac i Lowri, oedd yn cerdded tuag atynt o gyferiad yr ambiwlans.

'Damwain ar y llethr sgio?' holodd Rhodri.

'Nage, Steff sy'n wael,' meddai Lowri'n dawel. 'Steff Jenkins, Pennaeth y Gwersyll – mae'i gyflwr e wedi gwaethygu . . .'

6

Corff ar y Traeth

Noson fendigedig o haf oedd hi pan gychwynnodd pawb ar y daith gerdded i bentref Llangrannog. Roedd y cawodydd o law mân a gafwyd yn ystod y dydd wedi hen ddiflannu, a bellach roedd yr awyr yn llwydlas uwchben – heblaw am un smotyn bach melyngoch a oedd yn prysur ddiflannu i gyfeiriad y môr. Nadreddodd y plant eu ffordd ar hyd y llwybr cul a arweiniai o'r gwersyll, a Mr Llwyd yn arwain y ffordd, yn ei got a throwsus cerdded gwrth-law, esgidiau mawr trwm, a'i ffon gerdded yn ei law.

'I ble mae e'n mynd te – i Begwn y Gogledd?' gofynnodd Glyn gan chwerthin yn uchel am ben ei athro. Siorts, crys-T a threinyrs oedd gan y bechgyn amdanynt.

'Noson braf, Syr!' meddai Glyn, fel petai'n hen ddyn yn cyfarch ffrind ar sgwâr y pentref. Trodd Mr Llwyd i weld pwy oedd perchennog y llais.

'O! Ti Glyn sy 'na!' meddai gan droi i arwain y cerddwyr unwaith yn rhagor.

'Ro'dd rhagolygon y tywydd yn gywir wedi'r cyfan, Syr. Tywydd braf . . .'

'Felly'n wir!'

'Dyna ddwedon nhw.' Aeth rhai eiliadau heibio cyn i Glyn barhau i arteithio'i athro. 'Ew, ma' cot dda gyda chi, Mr Llwyd. A throwsus cynnes hefyd, erbyn meddwl. Ac am y sgidie – wel, dy'n nhw ddim yn edrych yn drwm o gwbl!'

Ymunodd Jac yn yr hwyl. 'Ydy'ch coes chi'n brifo te, Syr?' holodd.

'Fy nghoes i'n brifo?' gofynnodd Mr Llwyd yn syn. 'Pam wyt ti'n gofyn hynny?'

'Wel, eich gweld chi'n cario'r ffon 'na, Mr Llwyd. Meddwl eich bod chi wedi cael dolur neu rywbeth.'

'Na! Ffon gerdded yw hon, Jac.'

'Neis iawn,' chwibanodd Deian. 'Fe gostiodd honna geiniog a dime i chi, mae'n siŵr. Gawsoch chi'r got a'r trowsus a'r sgidie 'na o'r un siop te, Syr? Mae'r rheini'n neis iawn hefyd.'

'Do, fel mae'n digwydd,' atebodd Mr Llwyd. Doedd e ddim yn siŵr iawn ai bod yn garedig oedd y bechgyn, neu'n gwneud sbort am ei ben. Daeth yr ateb yn amlwg yn fuan wedyn.

'Chi'n ddewr iawn, Mr Llwyd, yn gwisgo sgidie newydd sbon ar daith gerdded fel hon. Fel arfer, fe fydda i'n gwisgo sgidie newydd o gwmpas y tŷ am sbel yn gyntaf, er mwyn meddalu'r lledr . . .'

'Ti'n iawn fan'na!' cytunodd Jac. 'Y tro dwetha i fi wisgo sgidie newydd yn syth, mi ges i'r pothelli mwya poenus erioed ar 'y nhraed. Roedden nhw'n wyn ac yn grwn fel peli golff erbyn y diwedd. Wna i fyth anghofio hynny!'

Cerddodd Mr Llwyd yn ei flaen â chysgod gwg yn dechrau ffurfio ar ei wyneb. Doedd e heb feddwl am gyflwr ei draed tan i'r bechgyn dynnu'i sylw atyn nhw. Ac erbyn meddwl, roedd e'n gallu teimlo cefnau'r sgidiau'n rhwbio yn erbyn croen meddal ei draed. Roedd ei fodiau hefyd yn boenus, yn enwedig yr un bach, a chyda hynny dechreuodd gloffi'n sydyn iawn.

'Chi'n iawn, Syr?' gofynnodd Rhodri'n ddiniwed.

'Lwcus eich bod chi wedi dod â'r ffon 'na, Syr. Bydd ei hangen hi arnoch chi cyn bo hir!' meddai Glyn gan wenu ar ei ffrindiau.

Gyda hynny, arhosodd Mr Llwyd yn ei unfan. Roedd ei wyneb yn goch a'r chwys yn diferu i lawr ei dalcen. 'Wnewch chi fod yn dawel!' arthiodd wrth y bechgyn, gan dynnu llawes ei got ar draws ei wyneb i sychu'r chwys i ffwrdd.

'Wel, chi yw'r un sy'n gweiddi, Syr . . .' mentrodd Glyn, yr un mor haerllug ag erioed.

'Cau hi, Glyn! Dwi'n gwbod yn iawn beth wyt ti'n trio'i wneud. Rwyt ti'n trio ngwylltio i, 'yn dwyt ti? Ond gwranda, wnei di ddim llwyddo! Dwi ddim yn mynd i adael i ti i, ddim y tro hwn!' Tynnodd Mr Llwyd ei lawes ar draws ei wyneb unwaith eto wrth i'r chwys lifo fel afon i lawr o'i dalcen.

'Chi'n siŵr nad y'ch chi am dynnu'ch cot, Syr?

Beryg y byddwch chi'n berwi fel arall! Mi garia i hi, os y'ch chi'n moyn?'

Gyda hynny, collodd Mr Llwyd ei dymer yn llwyr. Rhwygodd ei got newydd oddi amdano, cyn ei thaflu dros ffens i mewn i gae llawn defaid, a martsio i ffwrdd i gyfeiriad Llangrannog. Edrychodd y bechgyn ar ei gilydd gan wneud eu gorau i guddio gwên, cyn sylweddoli bod Miss Hwyl yn rhythu arnynt o gefn y rhes.

Ugain munud yn ddiweddarach roedd y criw'n gorffwys ar glogwyn uchel uwchben Bae Ceredigion, yn rhyfeddu at brydferwch yr ardal. I'r chwith, roedd arfordir Sir Benfro yn ymestyn fel esgid allan i'r môr. Ac i'r gogledd, taerai Rhodri ei fod yn medru gweld Pen Llŷn yn y pellter. Gallai gicio'i hun am adael ei sbienddrych ar ôl yn ei stafell. Roedd y clogwyni uchel gerllaw'n drawiadol, ac islaw'r creigiau roedd y tonnau'n cusanu'r arfordir yn ysgafn. Casglodd Miss Hwyl bawb at ei gilydd er mwyn tynnu llun, gyda'r olygfa wych yn y cefndir. Gwrthododd Mr Llwyd ymuno â'r criw, gan ddewis eistedd ar garreg fawr gerllaw. Tynnodd ei esgidiau er mwyn i'w draed gael gorffwys ychydig. Cyn hir, roedd pawb wedi cael digon o aros yn yr un man, ac felly ailgychwynnwyd ar y daith i lawr tua'r pentref gan ddilyn heol gul a throellog at y traeth.

Ar ôl cyrraedd, cerddodd y criw dros y cerrig

anferth oedd yn drwch dros y traeth, at ymyl y dŵr. Synnwyd nifer o weld cyn lleied o dywod oedd yno, ond atgoffwyd nhw nad oedd amser i chwarae ac adeiladu cestyll tywod yno, beth bynnag. Roedd hi'n tywyllu'n gyflym erbyn hyn, a rhoddwyd deng munud i'r plant gael cyfle i chwarae ychydig ar y traeth, sgimio cerrig fflat i mewn i'r môr, a cherdded draw at y creigiau ar ochr ogleddol y traeth.

'Oes raid i athrawon sbwylio popeth?' gofynnodd Deian yn chwerw wrth iddyn nhw gerdded at ben pella'r traeth. 'Beth sydd o'i le ar ddynnu'n sane a'n sgidie a gwlychu'n traed yn nŵr y môr am ychydig? Beth yw'r peth gwaetha allai ddigwydd?!'

Yr eiliad honno, denwyd eu sylw gan rywbeth a orweddai ymysg y cerrig ar waelod y creigiau. Glyn oedd y cyntaf i'w gyrraedd.

'Gwylan farw!' meddai, cyn cydio mewn brigyn hir a dechrau cyffwrdd yn ysgafn â'r aderyn. 'Newydd farw ma' hi . . . mae'n dal yn weddol feddal.'

'Gad iddi fod!' meddai Rhodri. 'Mae'n gwbl amlwg ei bod hi wedi marw, achan!'

Doedd plu'r wylan ddim mor wyn ag y dylen nhw fod, ac roedd yna sglein lwydaidd, seimllyd dros ei chot sidanaidd. Plygodd Rhodri drosti gan redeg ei fysedd ar hyd y cerrig o'i hamgylch. Teimlai'r rheini'n seimllyd hefyd, gydag rhywbeth tebyg yn gorchuddio'u harwynebau llyfn. Cododd yn sydyn a cherdded i gyfeiriad y môr. Plygodd yn agos at y fan lle'r oedd y tonnau'n torri'n ysgafn ar y graean, gan redeg ei law'n ôl a mlaen yn y dŵr hallt. Pan gododd a rhwbio blaenau'i fysedd â'i fawd, gallai deimlo'r olew unwaith eto'n slic ar ei groen. Sylwodd hefyd ar yr ewyn gwyn a ymgasglai wrth droed y creigiau serth. Gwyddai fod rhywbeth o'i le.

'Beth sy'n bod, Rhods? Ma' golwg ofnadw arnot ti, achan!' meddai Glyn gan graffu'n agos ar ei ffrind.

'Mae'r môr wedi'i lygru,' meddai Rhodri gan barhau i rwbio'i fysedd a chraffu ar y dŵr. 'Chi'n gweld? Mae'n amlwg fod 'na olew yn y dŵr, a dyna siŵr o fod, sy wedi lladd yr wylan.'

'Dwi ddim yn gallu gweld olew!' meddai Glyn gan blygu i edrych yn agosach ar y dŵr. 'Dwi ddim yn amau be wyt ti'n ddweud, Rhods, ond byddai angen llawer mwy o olew na hyn i ladd aderyn, siŵr o fod?'

Cododd Rhodri ei ben i feddwl. Oedd, roedd gan Glyn bwynt. Byddai angen i'r môr fod yn drwch o olew cyn y byddai'n lladd bywyd gwyllt. Tynnwyd sylw'r bechgyn yn sydyn gan sgrechfeydd wrth i griw arall o blant sylwi ar gorff yr wylan ar y traeth. Erbyn i'r bechgyn droi eu pennau i weld pwy oedd yn gwneud yr holl sŵn, doedd hi ddim yn syndod i'r un ohonyn nhw weld Rhys yn sefyll yno â'i ddwylo dros ei lygaid, yn sgrechian fel babi. Rhuthrodd Mr Llwyd a Miss Hwyl draw ato i weld beth oedd yr holl ffŷs. Wedi iddo weld yr aderyn marw, gorchmynnodd Mr Llwyd i bawb ymgasglu'n ddiogel draw ym maes parcio tafarn y Ship, cyn cyhoeddi y bydden nhw'n cychwyn ar y daith 'nôl i'r gwersyll ymhen pum munud.

Ysgwyd ei ben wnaeth Rhodri pan ofynnodd Deian iddo a oedd e'n mynd i sôn am yr olew yn y môr. ''Sdim pwynt!' meddai. 'Fel wedodd Glyn, do'dd 'na ddim digon o olew yn y môr i ladd yr wylan.'

'Hei, dewch glou bois,' meddai Glyn yn sydyn. 'Dwi eisie cerdded y tu ôl i Mr Llwyd ar y ffordd 'nôl. Nawr fod yr haul wedi machlud, mae'n mynd i oeri'n go sydyn!'

'A does dim dowt dy fod ti am ei atgoffa fe o'r got gynnes, glyd, braf a daflodd e i mewn i'r cae'n gynharach ar y daith?' holodd Jac â gwên fawr yn llenwi'i wyneb.

'Yn hollol!' atebodd Glyn.

7

Ofnadwy Nos

Hanner awr yn ddiweddarach, roedd pawb yn eistedd yn y Neuadd Ymgynnull yn rhannu profiadau'r diwrnod ac yn derbyn cyfarwyddiadau ar gyfer y noson oedd o'u blaenau. Doedd neb i adael eu stafelloedd gwely eu hunain am unrhyw reswm, oni bai fod yna argyfwng. Gan fod gan bawb stafelloedd *en suite* gyda'u cawodydd a'u toiledau eu hunain, atgoffodd Lowri hwy na fyddai angen i neb grwydro unrhyw goridor, ac felly y gallai bawb edrych ymlaen at noson dda o gwsg.

Wrth i bawb adael, cerddodd Rhys at Jac a'i ffrindiau gan dynnu'n ysgafn ar fraich ei frawd. 'Cofia droi'r radio mla'n. Fydda i'n moyn siarad â ti cyn cysgu,' meddai.

Wedi cyrraedd 'nôl i'w stafell, aeth Jac i chwilio am ei radio personol yng nghanol ei siwmperi tra eisteddodd y tri arall ar eu gwelyau er mwyn tynnu'u sgidiau. Dyna pryd y penderfynodd Jac sôn wrthyn nhw am y radio personol.

'Hy! Bydden i'n troi'r radio 'na i ffwrdd y funud hon sen i'n ti, Jac!' meddai Glyn.

'Na,' meddai'n sydyn, 'neu fe fydda i mewn lot o drwbwl pan gyrhaedda i adre!'

'Ond chawn ni ddim llonydd gan Rhys heno, gei di weld! Fe fydd e'n cysylltu drwy'r amser i ofyn rhywbeth neu'i gilydd.'

'Na, dwi wedi gweud wrtho fe mod i'n fodlon siarad ag e am un funud cyn iddo fe fynd i gysgu, jyst i weud "Nos da!". Yna, fe fydda i'n rhoi'r radio yn ymyl y gwely tan y bore,' meddai Jac yn benderfynol.

'Gewn ni weld am hynny!' meddai Glyn gan wasgu past dannedd ar ei frws.

Treuliodd y bechgyn y chwarter awr nesaf yn dadwisgo a gosod eu dillad yn barod ar gyfer y bore canlynol. Ar ôl dringo i'w gwelyau, roedd sŵn clecian radio Jac i'w glywed yn glir wrth iddo droi'r sianel at yr un y cytunodd gyda Rhys ymlaen llaw y dylen nhw gysylltu arni. Rhoddodd y teclyn o dan ei obennydd tra oedd yn aros i Mr Llwyd gnocio ar y drws i gyhoeddi ei fod am ddiffodd y golau, ac i Rhys gysylltu i ddweud 'Nos da!'.

Yn rhyfedd iawn, bu bron i'r ddau beth ddigwydd yr un pryd. Dim ond wedi cau'r drws y tu ôl iddo roedd Mr Llwyd pan ddaeth llais Rhys yn glir dros y radio.

'Helô? Helô? Jac? Wyt ti'n gallu nghlywed i?' gofynnodd y llais, yn uwch y tro hwn, wrth i Jac dynnu'r radio allan o dan ei obennydd.

'Ydw, ydw. Yn dy glywed di'n iawn,' meddai Jac gan rolio'i lygaid yr un pryd.

'Ja-ac?'

'Ieeee?'

'Dwi'n gweld eisie Mam. Dwi'n moyn mynd adre!'

'Paid â bod yn hurt nawr, Rhys, jyst cer i gysgu glou! Bydd hi'n fore fory cyn i ti droi rownd.'

Gwrandawodd y bechgyn ar Jac yn ceisio darbwyllo'i frawd i fynd i gysgu. Chwarae teg i Jac, meddyliodd y bechgyn, am lwyddo i beidio â cholli'i dymer gyda Rhys. O'r diwedd, llwyddodd i ddweud 'Nos da!' wrth ei frawd bach, ond nid cyn addo gadael ei radio ymlaen drwy'r nos rhag ofn y byddai Rhys angen cysylltu ag ef.

Aeth rhai munudau heibio cyn i Glyn dorri ar draws y tawelwch. 'Ti'n meddwl gei di lonydd heno te, Jac? Ro'dd e'n swnio'n hiraethus iawn.'

'O'dd, ond fel'na ma' fe! Unwaith bydd e wedi cysgu, fe fydd e'n iawn.'

Gorweddodd y bechgyn yn dawel eto, cyn i glecian y radio darfu ar y distawrwydd. Yr un llais oedd i'w glywed, er ychydig yn fwy aneglur y tro hwn. Prin y gallent wneud synnwyr o'r hyn a ddywedai Rhys ar ôl galw enw'i frawd.

'Rhys, dwi ddim yn dy glywed di'n rhy dda . . . siarada'n arafach,' gorchmynnodd Jac. Aeth y clecian yn ei flaen, ac er y gwyddai'r bechgyn fod Rhys yn ceisio siarad i mewn i'w radio o'i ochr ef, doedd dim modd deall gair a ddywedai.

'Bydd raid i ti droi'r swits yn araf, fel gwnest ti'r

pnawn 'ma,' meddai Deian gan godi ar ei eistedd a goleuo fflachlamp fach a gadwai y tu mewn i'w esgid wrth droed ei wely. Fflachiodd y golau i gyfeiriad Jac a llwyddodd hwnnw i droi'r swits yn araf bach. Daliai'r radio i glecian a distewi, clecian a distewi am yn ail, wrth symud o sianel i sianel. Erbyn hyn, roedd Glyn a Rhodri ar eu heistedd hefyd yn gwylio Jac yn ceisio cysylltu â'i frawd bach unwaith yn rhagor.

Yn sydyn, clywsant leisiau gwahanol yn dod o'r teclyn wrth i Jac chwarae fymryn â'r swits er mwyn ceisio cael gwell derbyniad. Doedd yr un o'r lleisiau'n swnio'n debyg iawn i lais Rhys. Roedd un llais yn ddyfnach o lawer, a swniai'r llall yn aeddfetach.

'Falle mai rhai o hyfforddwyr y gwersyll rwyt ti'n eu clywed, fel y pnawn 'ma?' cynigiodd Deian.

'Falle,' atebodd Jac.

O'r diwedd, llwyddodd y bechgyn i ddal ambell air yma a thraw, ond roedd hi'n dal yn anodd gwneud synnwyr o'r brawddegau.

'Chhh . . . chchchch . . . chchchchch . . . Dylai un noson arall fod yn ddigon . . . chchchch . . . Ti'n cytuno? . . . chchchchch . . .'

'Chchchchchch . . . Ydw . . . chchchchch . . . Ry'n ni wedi bod wrthi'n ddigon hir . . . chchchchch . . . rhyfedd nag yw pobl wedi sylwi . . . wna i byth ddeall! . . . chchchchch . . .'

'Ti'n iawn . . . chchchchch . . . ddim yn cwyno, cofia

. . . chchchchch . . . fyddwn ni wedi hen ddiflannu gyda'r trysor . . . chchchchch . . .'

Rhewodd y bechgyn yn eu hunfan. Oedden nhw wedi clywed yn gywir? Trysor?!

'Chchchchchch . . . Ble wyt ti, te? . . . chchchchchch . . . ar y ffordd lawr? . . . chchchchchch . . .'

'Ydw ydw, dwi newydd adael nawr . . . chchchchchch . . . fydda i 'da ti mewn deng munud . . . chchchchchchch . . . wela i di . . . chchchchchch . . .'

Neidiodd y pedwar allan o'u gwelyau a sefyll ar ganol llawr y stafell gan deimlo'n llawer rhy gyffrous i siarad. O'r diwedd, llwyddodd Deian i roi brawddeg at ei gilydd. 'Wedes i, yn do fe, pnawn 'ma yn Ogof T. Llew! Wedes i fod 'na drysor 'ma o hyd! Jac! Fe gytunest ti 'da fi ar y pryd.'

'Wel do,' atebodd Jac yn bwyllog, 'ond rhywle yng Ngheredigion feddylies i, nid yn y gwersyll ei hun!'

'Arhoswch eiliad nawr, bois,' torrodd Rhodri ar eu traws. 'Dwi'n cytuno . . . dwi 'run mor gyffrous â chi ar hyn o bryd, ond gadewch i ni feddwl gyntaf. Mae'n dipyn o gyd-ddigwyddiad ein bod ni'n clywed hyn heno, yn enwedig ar ôl i chi'ch dau fod yn trafod y peth . . . ac i Rhys ein holi ni amser swper beth oedd ein bwriad.'

'Rhys!' meddai Glyn yn sydyn. 'Arhoswch eiliad! Fetia i chi taw Rhys sydd wrthi! Mae e wedi llwyddo i berswadio un o'i ffrindie i chwarae tric arnon ni!'

'Ti'n iawn!' cytunodd Jac, gan daflu'i radio personol yn ôl ar ei wely. 'Rhys! Fe ddylwn i fod wedi gweld hyn yn dod!'

'Dyna pam gysylltodd e â ti'r eilwaith, a newid y sianel yn araf ar ei radio er mwyn dy orfodi di i fynd i chwilio amdano ar sianel arall . . .'

'Www, am dric da!' meddai Glyn.

'Tric da iawn!' cytunodd Deian. 'Ond ma' un peth wedi mynd o'i le ar ei dric e!'

'Beth yw hwnnw?' gofynnodd Jac.

'Ein bod ni wedi darganfod y gwir. Bydd e'n difaru hyn, ma' hynny'n ffaith!'

'Be sy 'da ti mewn golwg, Deian?' holodd Glyn.

'Dwi'n credu bod angen codi tipyn o ofn ar Rhys bach! Ble mae ei stafell e, Jac?'

'Lawr y coridor ar yr ochr dde. Ma' gyda nhw ffenest sy'n wynebu'r môr, fel ni,' atebodd Jac.

'Reit, dyma beth wnawn ni,' meddai Deian, gan dynnu darn o bapur o'i fag a benthyg pensil gan Rhodri er mwyn llunio map bach o'r adeilad. 'Ry'n ni fan hyn, mae Rhys tua fan hyn . . .' Pwyntiodd at stafell ychydig bellter i lawr y coridor oddi wrthyn nhw. 'Ewn ni mas drwy'r drws tân fan hyn . . .' meddai gan pwyntio at ddrws yng nghornel yr adeilad, 'yna mynd at ffenest ei stafell, cnocio arni a gwneud rhyw sŵn i godi ofn arno. Wedyn rhedeg 'nôl fan hyn i'n gwelye, a'i anwybyddu e pan fydd e'n ceisio cysylltu â Jac i gwyno bod ofn arno!'

'Eitha da, eitha da,' meddai Glyn, gan nodio'i ben yn araf. 'Ond ma' 'da fi syniad gwell. Gwrandewch ar hyn!' Cipiodd y map o afael Deian cyn dechrau esbonio'i gynllun. 'Fe wnawn ni'r rhan gyntaf yn union fel wedodd Deian, ond yn lle cnocio ar ei ffenest a gwneud sŵn, rwyt ti Jac yn mynd i faglu a chwympo a chael dolur ar dy ben-glin . . .'

'Beth?' gofynnodd Jac yn gyflym. Doedd e ddim yn hoff iawn o'r cynllun hwn!

'Na, na! Ti ddim yn mynd i faglu go iawn, dim ond esgus baglu a gwneud sŵn i dynnu sylw Rhys a'r bechgyn sy'n rhannu'i stafell e. Wedyn, ar ôl i ti godi ar dy draed, fe fyddwn ni'n dal i gerdded lawr i gyfeiriad y clogwyni. Erbyn hynny fe fydd Rhys yn ein gwylio ni drwy'r ffenest ac yn meddwl ei fod e wedi llwyddo i'n twyllo ni. Ond wedyn, ar ôl rhai munude, bydd Jac yn gweiddi am help ar ei radio personol gan wneud i Rhys druan fynd i chwilio am help naill ai trwy ddeffro Mr Llwyd neu chwilio am y porthor nos. Ond erbyn iddyn nhw fynd draw i'r clogwyni i chwilio amdanon ni, byddwn ni'n ôl yn ein gwelye'n cysgu, a bydd Rhys mewn lot fowr o drwbwl am achosi'r fath helynt!'

'Glyn boi, ma' hwnna'n swnio'n gynllun a hanner!' chwarddodd Jac, gan guro cefn ei ffrind gorau.

'Reit, dewch mla'n te bois. Gwisgwch, glou.'

8

Lawr ar lan y môr

Baglodd Jac dros goes Glyn gan lanio'n drwm ar ei bengliniau yn y borfa y tu allan i stafell Rhys. 'Glyn! Be ti'n neud, achan?' chwyrnodd Jac wrth godi a sychu'i bengliniau. Yna, sibrydodd yn uchel yng nghlust Glyn, 'Wedest ti mai esgus cwmpo fydden i, nid ca'l 'y maglu ar bwrpas!'

'Wel, rhaid i bethe edrych yn realistig!' sibrydodd Glyn, cyn taflu cip i gyfeiriad ffenest y bechgyn. Rhoddodd bwt i Deian a safai yn ei ymyl. 'Ydyn nhw'n gwylio?'

'Wel . . . fe symudodd y llenni ychydig,' dywedodd Deian cyn i Glyn dorri ar ei draws.

'Grêt! Mae'n rhaid 'u bod nhw, felly!' meddai cyn dechrau cerdded i gyfeiriad y clogwyni. Dilynodd y lleill ar eu holau. 'Glywson nhw Jac, yn bendant! Wna'th e ddigon o sŵn i ddeffro'r meirw!'

'Wel, do'n i ddim i wybod dy fod ti'n mynd i maglu i go iawn!' atebodd Jac yn ddig.

'Dewch mla'n! Daliwch i gerdded, bois! Ma'n nhw siŵr o fod yn dal i'n gwylio ni ac yn chwerthin am ein pennau gyda phob cam!' ychwanegodd Glyn.

Ond y gwir oedd fod pawb yn stafell Rhys yn cysgu'n drwm, wrth i'r awel chwythu drwy'r ffenest agored gan chwarae'n ysgafn â'r llenni.

'Pa mor bell wyt ti'n meddwl y dylen ni fynd cyn troi 'nôl?' holodd Jac.

'Nes byddwn ni allan o olwg ffenest Rhys,' meddai Glyn gan daflu cip sydyn dros ei ysgwydd. Roedd e'n dal i allu gweld y ffenest, felly penderfynodd ddal ati am ychydig eto. 'Ewn ni nôl wedyn ar hyd y llwybr arall fel na fydd Rhys yn ein gweld ni'n cyrraedd. Dwi'n credu mod i'n gwybod y ffordd. Fues i ar yr un llwybr yn gynharach heddi – ar gefn Casi!'

Erbyn hyn, roedd y bechgyn wedi mynd yn bell o olau'r gwersyll a'r llwybr o'u blaenau'n dywyll fel y fagddu. Glyn oedd yn arwain y ffordd, ond o fewn ychydig funudau bu'n rhaid iddo gyfaddef ei fod ar goll.

'Ar goll?' arthiodd Rhodri'n sydyn. 'Wedest ti dy fod ti'n gwbod y ffordd!'

'Wel, ro'n i'n gallu gweld yn well heddi yng ngolau dydd!' atebodd Glyn.

'Dilynwch fi, ffeindia i'r ffordd nawr!' meddai Jac yn hyderus gan wthio Glyn o'r ffordd. Ddwy funud yn ddiweddarach, roedd Jac ar ei hyd mewn pwdel o fwd. Chwarddodd y bechgyn am ei ben.

'Wyt ti am i ni alw am help ar dy radio di, Jac?' gofynnodd Deian gan biffian chwerthin.

'Nadw, dwi *ddim* am i chi alw am help!' meddai,

gan godi ar ei draed unwaith eto. Yna, wrth iddo baratoi i roi pryd o dafod i Glyn am feddwl am y fath gynllun, gwelodd rywbeth o gornel ei lygaid a wnaeth iddo rewi yn ei unfan. Chwifiodd ei freichiau ar y lleill i'w rhybuddio i guddio gydag ef yn y glaswellt. Ufuddhaodd Rhodri'n syth, gan synhwyro bod rhywbeth o'i le. Cyn hir, roedd Glyn a Deian yn cyrcydu yn ei ymyl hefyd.

'Be sy'n bod?' holodd Deian yn wyllt. Doedd e ddim yn hoffi cael ei gadw yn y niwl fel hyn.

'Draw fan'na!' meddai Jac gan bwyntio â'i fys. 'Weles i olau fflachlamp yn mynd o'n blaenau ni ar hyd y llwybr 'co!' Cododd y bechgyn eu pennau'n araf er mwyn edrych i'r un cyfeiriad. Gwelsant y golau ar unwaith wrth i hwnnw arwain y ffordd ar hyd y llwybr troellog dros y clogwyni.

'Dewch! Ar ei ôl e!' meddai Glyn gan godi ar ei draed mewn chwinciad. Cyn i neb gael cyfle i anghydweld, roedd e wedi carlamu'n ei flaen ac yn agosáu at ddibyn uwchben y clogwyni. Galwodd y lleill ar ei ôl.

'Aros fan'na, Glyn, mae'n serth ofnadwy i lawr i'r môr o fan hyn!' rhybuddiodd Rhodri ef.

'Fyddwn ni'n iawn os dilynwn ni lwybr y golau 'na!' atebodd Glyn. Edrychodd y bechgyn ar y golau'n disgyn yn araf i lawr i gyfeiriad y tonnau. 'Dewch mla'n! Lawr â ni i lan y môr!' meddai Glyn eto, ond cydiodd Deian a Jac yn ei freichiau. 'Na, Glyn!' meddai'r ddau gyda'i gilydd.

'Dere mla'n, Glyn, ti'n cofio ti'n dweud dy fod ti'n mynd i gadw dy drwyn yn lân ar y daith 'ma? Wel, nid dyma'r ffordd i wneud 'ny!' atgoffodd Rhodri ef.

'O! Olreit, bois,' cytunodd Glyn, a'i lais yn dychwelyd i'w dôn naturiol unwaith eto. 'Ewn ni 'nôl!'

Bu'r bechgyn yn brysur yn trafod wrth gerdded yn ôl tua'r gwersyll.

'Ond os nad llais Rhys a'i ffrindie glywson ni'n gynharach, pwy ar wyneb y ddaear o'dd 'na?' gofynnodd Glyn am y degfed tro o fewn yr un nifer o funudau.

'Dwi ddim yn gwbod, a dwi ddim yn credu mod i eisie gwbod chwaith!' atebodd Rhodri.

Llithrodd y pedwar i mewn drwy'r drws tân fel lladron ac yn ôl i'w stafell yn ddiogel. Teimlai Rhodri'n flin iawn ag ef ei hun am adael iddo gael ei arwain allan yng nghanol nos fel hyn. Fel arfer, roedd e'n ddigon call i gadw mas o drwbwl. Y llynedd yng Nghaerdydd, a'r flwyddyn gynt yng Nglan-llyn, roedd e wedi'i dynnu mewn i wahanol anturiaethau yn erbyn ei ewyllys. Ond heno, roedd e wedi mynd gyda'i ffrindiau o'i wirfodd. Beth petai un o'r swyddogion wedi ei ddal mas o'i wely? Ac nid yn unig mas o'i wely, ond yn crwydro ffiniau'r gwersyll a thu hwnt? Teimlai'n lwcus iawn nad oedd wedi cael ei ddal, ac addawodd iddo'i hun na fyddai'n rhoi ei hun mewn sefyllfa debyg eto.

'Fuon ni'n lwcus iawn i beidio cael ein dal!' ebychodd wrth gau sip ei sach gysgu.

'Ma' pwy bynnag o'dd yn cario'r fflachlamp 'na'n lwcus na chafon nhw'u dal 'fyd!' meddai Glyn eto. 'Beth o'dd mla'n 'da nhw, tybed? Chi'n meddwl mai nhw glywson ni ar y radio? Bydde hynny'n gneud synnwyr yn bydde?'

'Bydde hynny *yn* gneud synnwyr,' cytunodd Deian. 'Ond wedyn, does bosib fod 'na drysor i lawr fan'na?'

Atgoffwyd Rhodri gan Deian o'i sylwadau'n gynharach y pnawn hwnnw. 'Ti wedi newid dy diwn!' meddai. 'Pnawn 'ma, ro't ti'n taeru gyda Jac bod 'na drysor yma ym Mae Ceredigion!'

'O'n, dwi'n gwbod, ond ma' pethe'n gallu newid . . .'

9

Gormod o Raff

Treuliodd y bechgyn y bore canlynol yn bwyta llawer gormod o frecwast, yn gyrru'n llawer rhy gyflym ar y certiau modur, ac yn chwarae'n llawer rhy arw yn y gêm bêl-droed ar gaeau astro'r gwersyll. Roedd aelodau eraill o'u grŵp, ynghyd â'r hyfforddwyr, wedi cael hen ddigon o'u hantics – a phan ganodd y gloch ginio rhuthrodd y pedwar tua'r Caban Bwyta er mwyn llenwi'u stumogau unwaith eto.

Wrth rofio'i fwyd i mewn i'w geg, cyhoeddodd Jac mai'r gweithgaredd nesaf oedd yr un roedd e'n edrych ymlaen ati fwyaf.

'Sgio, bois! Dwi'n ffaelu aros!' meddai.

'Wyt ti wedi sgio o'r blaen te, Jac?' holodd Rhodri.

'Nadw, erioed! Ond dwi wedi gwylio digon o gystadlaethau ar y teledu. Mae'n edrych yn ddigon rhwydd. Jyst gwisgo'r sgis am dy draed, a bant â thi!'

'Wel, dyw e ddim cweit mor rhwydd â hynna . . .' atebodd Rhodri, cyn i Glyn dorri ar ei draws.

'Wrth gwrs 'i fod e!' meddai, gan osod ei gyllell a'i fforc yn daclus ar y plât. 'Dwi wedi bod yn sgio ar y *Wii* sy gyda fi adre. Mae'n rhwydd!'

Penderfynodd Rhodri beidio parhau â'r ddadl gan adael i'r bechgyn ddysgu'r gwir drostynt eu hunain. Roedd e wedi bod yn sgio fwy nag unwaith gyda'i deulu yn Ffrainc, a gwyddai bod angen cael llwythi o wersi cyn medru sgio'n iawn. Byddai gwylio Jac a Glyn wrthi'n fwy o sbort na'r sgio ei hun, siŵr o fod, meddyliodd Rhodri wrtho'i hun.

Rhyw chwarter awr yn ddiweddarach roedd y bechgyn yn sefyll mewn rhes yn erbyn ffens bren y tu allan i'r ganolfan sgio. Daeth Harri, un o swyddogion ieuengaf y gwersyll, yno i'w cyfarch.

'Shwmai bawb?' meddai. 'Harri ydw i, a fi fydd yn eich cymryd chi ar gyfer y sesiwn sgio pnawn 'ma. Fel y gwelwch chi, mae'n sych ar hyn o bryd a gobeithio y bydd yn aros fel'ny,' meddai gan bwyntio at y cymylau tywyll dros fae Ceredigion. 'Reit te, y cwestiwn cynta bob amser yw, "Faint ohonoch chi sy wedi sgio o'r blaen"?'

Cododd tua hanner y plant eu dwylo, a Glyn a Jac yn eu plith.

'Iawn,' meddai Harri eto. 'Chi sy wedi sgio o'r blaen, arhoswch lle'r y'ch chi, a'r gweddill ohonoch chi, ewch i mewn at Dylan i wisgo'ch sgis. Mi fyddwch chi'n cael gwersi gyda fe i ddechrau, cyn mentro ar y llethr.'

Ufuddhaodd y plant, gydag un criw'n mynd i mewn i'r ganolfan gan adael tua deuddeg ar ôl i dderbyn rhagor o gyfarwyddiadau gan Harri. Gwgodd Rhodri ar Glyn a Jac. Pam oedden nhw wedi dweud eu bod nhw wedi sgio o'r blaen?

'Nawr te, ry'ch chi i gyd wedi sgio o'r blaen – ydw i'n gywir?' Nodiodd y criw o'i flaen eu pennau'n awchus.

'Iawn, codwch eich llaw os y'ch chi wedi sgio unwaith o'r blaen.'

Cododd tair merch ac un bachgen eu dwylo. 'Grêt. Sefwch chi fan'na, te. Faint ohonoch chi sy wedi sgio ddwywaith neu dair o'r blaen?' Cododd Megan ei llaw.

'Dim ond un?' gofynnodd Harri eto. 'Iawn, aros di fan'na te, ar yr ochr dde. Ble buest ti'n sgio o'r blaen, gyda llaw?'

'Unwaith fan hyn tua dwy flynedd yn ôl, a dwywaith yn Ffrainc gyda Mam a Dad,' atebodd Megan.

'Da iawn, da iawn. Rwyt ti wedi sgio ar eira go iawn, te?' meddai Harri.

'Ydw,' atebodd Megan eto.

'Chi sydd ar ôl . . .' meddai Harri gan eu cyfrif, '. . . saith ohonoch chi. Dwi'n cymryd eich bod chi i gyd yn weddol brofiadol, felly?'

Nodiodd bawb eu pennau – a Glyn a Jac yn eu plith eto.

Pwyntiodd Harri at Jac. 'Sawl gwaith wyt ti wedi bod yn sgio o'r blaen?' Edrychodd Jac yn syn arno. Doedd e heb ystyried y byddai'n rhaid iddo ateb cwestiynau fel hyn. 'Ym . . . wel . . . dwi wedi sgio tua . . . tua phymtheg o weithiau i gyd . . . yn Ffrainc bob tro.'

Cododd Harri ei aeliau. 'Pymtheg o weithiau? Yn Ffrainc? Waw! Ti'n fachan lwcus iawn, iawn!'

'Dwi wedi sgio rhyw ugain o weithiau!' cyhoeddodd Glyn ar unwaith.

Trodd Harri a Rhodri i edrych yn syn arno.

'Ugain o weithiau?' adleisiodd Harri. 'Bois bach! Ac ymhle fuest ti te?'

'Pobman!' atebodd Glyn yn gelwyddog. 'Tua chwe gwaith yn Ffrainc, deg o weithie yng Nghanada, teirgwaith yn Awstria ac unwaith yn y Swistir.'

Cyfrodd Rhodri y rhifau yn ei ben. . . . chwech adio deg, adio tri, adio un – ugain! O leiaf roedd Glyn wedi gwneud ei syms yn gywir!

'Rwyt ti wedi sgio mwy na fi!' chwarddodd Harri. 'Falle mai ti ddylai fod yn cymryd y sesiwn hon yn fy lle i!'

Chwarddodd y plant eraill wrth fwynhau'r pryfocio.

'Wel,' ychwanegodd Glyn, 'fe wedodd un o sgiwyr gore'r Swistir – dwi ddim yn cofio'i enw fe nawr – y bydden i'n siŵr o fod yn cystadlu yn yr Olympics ymhen rhai blynyddoedd.'

Edrychodd Rhodri arno'n gegrwth. Sut ar y ddaear oedd Glyn yn medru rhaffu celwyddau fel hyn?

'Wel, wel! Dwi'n edrych mla'n yn fawr at dy weld di'n sgio, Glyn!' meddai Harri, cyn troi ei sylw at weddill y grŵp. 'Reit, bawb – i mewn â chi i gael eich sgis. Mi ddylai'r lleill fod wedi gorffen gwisgo'u rhai nhw erbyn hyn.'

Wrth gerdded tua'r adeilad, gwthiodd Rhodri ei hun heibio i rai o'r plant eraill er mwyn bod ysgwydd-yn-ysgwydd â Glyn a Jac. 'Beth sy mla'n da chi, bois?' gofynnodd yn bryderus. 'Sdim un ohonoch chi wedi sgio llathen o'r bla'n!'

'Glywest di beth wedodd e wrth y rhai sy heb sgio o'r bla'n – eu bod nhw'n gorfod cael *gwersi*! Wel, dw *i* ddim yn mynd i wastraffu amser fan hyn yn cael gwersi pan allen i fod mas ar y llethr yn cael sbort!' atebodd Glyn yn hyderus.

'Ond fyddi di ddim yn gwbod beth i neud!' pwysleisiodd Rhodri, er y gwyddai nad oedd pwynt dadlau gyda Glyn. Penderfynodd gnoi ei dafod am y tro a gadael i Glyn weld drosto'i hun pa mor anodd oedd sgio go iawn.

Wrth y ffens bren ar waelod y llethr, cyfarchodd Harri'r criw unwaith yn rhagor.

'Iawn, chi ddechreuwyr, ewch gyda Dylan i ochr y llethr. Y gweddill ohonoch chi, dewch gyda fi.'

Dilynodd y dwsin ef draw at y lifft a fyddai'n llusgo pawb i fyny'r llethr fesul un.

'Dewch mla'n!' meddai Harri'n frwdfrydig. 'Sdim isie i chi fod yn swil! Gewch chi benderfynu pa mor bell i fyny ry'ch chi isie mynd, ond bydden i'n eich cynghori chi i beidio â mentro'n rhy uchel i gychwyn. I fyny at y lliw melyn neu las, falle?' Edrychodd o'i gwmpas. 'Glyn!' meddai'n sydyn. 'Dere mla'n! Sdim ofn arnat ti?'

Edrychodd Glyn arno'n nerfus.

'Be sy'n bod?' gofynnodd Harri wedyn. 'Ofn dangos dy hun wyt ti, siŵr iawn! Jac, cer gyda fe! Chwarae teg i Glyn, dyw e ddim isie cael ei alw'n *show off* am fod yn sgiwr da.'

Edrychodd Jac a Glyn ar ei gilydd. Roedd hi'n rhy hwyr iddyn nhw dynnu mas nawr. Camodd y ddau ymlaen yn lletchwith at y lifft, cyn eistedd arno a chael eu llusgo'n araf yn uwch ac yn uwch. 'Anghofiwch beth wedes i'n gynharach, fechgyn,' gwaeddodd Harri o waelod y llethr, 'gewch chi fynd yn syth at y lliw du. Reit lan i'r top!'

Trodd Glyn ei wyneb gwelw i gyfeiriad Jac, oedd yn cael ei lusgo ar y lifft y tu ôl iddo. Erbyn iddyn nhw gyrraedd y copa, cafodd y ddau drafferth – yn gyntaf, i ddod oddi ar y lifft heb ddisgyn, ac yn ail, i droedio'n ofalus ar draws y llethr i'w ganol. Yno, ar frig y llethr sgio, safodd y ddau yn edrych i lawr ar Harri, Jac a Deian a'r lleill oedd fel smotiau mân ymhell, bell islaw.

'Beth nawr?' gofynnodd Jac yn ofnus. 'Dwi ddim yn mynd i allu sgio lawr fan'na!'

'Sdim dewis!' atebodd Glyn, yr un mor ofnus â'i ffrind. 'Os na ewn ni lawr, bydd pawb yn chwerthin am ein pennau ni, a dwi ddim yn mynd i gael fy ngalw'n fabi am weddill ein hamser ni yma!'

Tra oedd y ddau wrthi'n dadlau pwy fyddai'n mynd gyntaf, closiodd Rhodri at Harri wrth iddo syllu i fyny'n ddisgwylgar ar y ddau.

'Esgusodwch fi, ym, Harri,' mentrodd Rhodri'n dawel. 'Dy'ch chi ddim yn meddwl eich bod chi wedi rhoi gormod o raff i'r ddau yna, o ystyried. . . wel, o ystyried nad 'yn nhw erioed wedi sgïo o'r blaen?'

'Beth?!' Trodd Harri at Rhodri'n gyflym, cyn troi yr un mor sydyn i wynebu'r ddau ar frig y llethr. Roedd ar fin gweiddi arnyn nhw i beidio symud modfedd pan welodd y ddau'n dechrau gwthio'u ffordd i lawr o'r copa. Gwyliodd pawb ar y gwaelod yn fud.

'Ond maen nhw'n anelu'n syth i lawr y llethr!' ebychodd Harri'n wyllt gan hanner cuddio'i lygaid â'i ddwylo.

'Dy'n nhw ddim yn gwbod gwell!' atebodd Rhodri.

'JAAAAAAAAAAAAAAAAAAC!' gwaeddodd Glyn, wrth frwydro i anadlu.

'GLYYYYYYYYYYYYYYYN!' gwaeddodd Jac, wrth frwydro i weld unrhyw beth o'i flaen oherwydd yr aer oer oedd yn taro'i lygaid.

Ymhen dim, roedd y ddau sgiwr yn taranu tua'r gwaelod. Heb syniad ynglŷn â sut i stopio, doedd hi'n fawr o syndod i'r criw ar waelod y llethr weld Jac a Glyn yn rhuthro heibio iddynt ac yn diflannu dros y ffens gan lanio'n bendramwnwgl yng nghanol y llwyni ar ochr dde'r ganolfan sgïo. Brysiodd Harri draw at y fan lle diflannodd y ddau, gyda Rhodri a Deian yn dynn wrth ei gwt. Roedd pawb yn ofni'r gwaethaf . . .

10

Trysor y Môr-ladron

Gorweddodd y ddau ffrind yn ddiymadferth yn y llwyni am rai munudau. Yna, fel tasen nhw'n deffro o freuddwyd, agorodd y ddau eu llygaid i ddarganfod eu bod wedi glanio y naill ar ben y llall wrth ochr y llethr. Roedden nhw'n sownd yn ei gilydd, a'u sgis wedi plygu'n dynn o amgylch eu coesau a'u breichiau.

'Hei bois, chi'n iawn?' holodd Harri'n llawn pryder. Unwaith y gwelodd y bechgyn yn ymdrechu i ryddhau eu hunain, rhoddodd ochenaid o ryddhad. Roedden nhw'n fyw, o leiaf! Aeth i helpu'r ddau a sicrhau eu bod nhw'n aros yn llonydd am rai munudau rhag ofn eu bod nhw wedi torri asgwrn.

'Bois, bois, bois!' meddai Rhodri a Deian gyda'i gilydd gan ysgwyd eu pennau. Erbyn hyn roedd y plant eraill i gyd wedi tyrru draw i weld sut gyflwr oedd ar y ddau. Roedd Megan a'i chriw wrthi'n brysur yn tynnu lluniau gyda'u camerâu digidol, gan chwerthin yn uchel wrth weld yr olwg ofnadwy ar y ddau fachgen. O'r diwedd, roedd Harri'n fodlon bod y ddau'n ddigon iach i fedru codi ar eu traed a mynd i'r stafell feddygol er mwyn cael trin ambell fân glwyf.

Yno'n eu disgwyl roedd Lowri. 'O, na – nid y ti eto!' meddai gan wgu ar Glyn. Gorchmynnodd i'r ddau eistedd ar y gwely yng nghornel y stafell.

'Ro'n i'n meddwl y byddet ti wedi dysgu dy wers erbyn hyn, ar ôl dy antics di ddoe ar gefn Casi!'

Cododd Glyn ei ysgwyddau ac edrych ar y llawr.

'Paid â phwdu gyda fi!' meddai Lowri eto, cyn troi ei sylw at Jac. 'A beth yw dy enw di?'

'Jac,' atebodd hwnnw, gan hoelio'i sylw ar y llawr, fel Glyn.

'Wel, Jac, mae'n amlwg fod Glyn wedi dy lusgo di i mewn i drwbwl gydag e!' meddai Lowri.

Cydiodd mewn bocs cymorth cyntaf a bwrw ati i lanhau'r clwyfau ar bengliniau'r ddau, gan osod plastar mawr ar bob pen-glin i'w cadw'n lân. Wedi iddi orffen, siarsiodd y ddau i gadw'n ddigon pell o'r llethr sgio am y tri chwarter awr oedd yn weddill o'r sesiwn, ac i gadw mas o drwbwl. Diolchodd y bechgyn iddi a mynd allan o'r stafell yn dawel.

Anelodd y ddau draw i gyfeiriad y Ganolfan Hamdden gan eistedd wrth fwrdd picnic ger y cae astro. Yno, roedd grŵp o blant o ysgol arall wrthi'n chwarae gêm bêl-droed pump-bob-ochr. Gwyliodd Glyn a Jac hwy'n dawel am rai munudau, a'u profiad brawychus yn amlwg wedi effeithio arnyn nhw.

'O'dd hynna'n beth eitha twp i neud,' meddai Jac o'r diwedd, gan godi'i ben i edrych ar Glyn.

'Ni'n lwcus i fod yn fyw! Petaen ni wedi sgio i mewn i'r adeilad 'na . . .'

'Ti'n iawn,' cytunodd Glyn. 'Dwi ddim am weud celwydd fel'na to! Byth bythoedd!'

Bu'r ddau'n gwylio'r gêm bêl-droed am ychydig, cyn i Jac gynnig mynd â Glyn am dro i'r Ganolfan Treftadaeth am iddo golli'r sesiwn y diwrnod cynt.

'Ti'n meddwl y bydd ots 'da'r fenyw 'na . . . beth o'dd ei henw hi 'to?' holodd Glyn wrth i'r ddau gerdded tuag at brif fynedfa'r gwersyll.

'Mererid,' atebodd Jac. 'Na, dwi ddim yn meddwl. Dim ond i ti ddangos diddordeb yn T. Llew Jones, dwi'n siŵr y bydd hi'n iawn. Falle bod 'na grŵp arall o blant gyda hi nawr, cofia, a byddwn ni'n ffaelu mynd i mewn.'

Pan gyrhaeddodd y ddau y Ganolfan Treftadaeth, roedd pobman fel y bedd. I mewn â nhw i'r oriel yn gyntaf gan edrych ar y gwaith celf oedd yn cael ei arddangos yno. Yna, aethant i mewn i Ogof T. Llew gan synnu gweld Mererid yno'n darllen ar ei phen ei hun. Eisteddai ar garped trwchus yn gwisgo'r un dillad amryliw â'r diwrnod blaenorol. Toc, sylwodd fod ganddi gwmni.

'O!' meddai'n wyllt gan godi ar ei thraed. 'Beth y'ch chi'ch dau'n wneud yma?'

'Mae'n flin 'da ni,' dechreuodd Jac. 'Fe awn ni os y'ch chi'n moyn . . . ond ry'n ni wedi gorffen sgio am y dydd . . . a do'dd Glyn, fy ffrind fan hyn, ddim yma ddoe.'

'O, wela i. Dewch fechgyn, dewch i eistedd ar y carped fan hyn. Dyma lle dwi'n ymlacio pan fydd ychydig o amser sbâr gyda fi yma yng nghanol llyfrau T. Llew! Does unman gwell i'w gael, credwch chi fi!'

Eisteddodd y ddau ar y carped yn wynebu Mererid, cyn cydio mewn llyfr yr un oddi ar y silff gyfagos.

'Wwww! Dewch i fi gael gweld, beth ddewisoch chi?' gofynnodd Mererid a'i llygaid yn dawnsio.

'*Barti Ddu*!' atebodd Jac gan droi'r clawr a'i ddangos i Mererid.

'A *Dirgelwch yr Ogof* sy 'da fi,' ychwanegodd Glyn.

Gwenodd Mererid. 'Ry'ch chi wedi dewis fy hoff lyfrau i!' ebychodd. 'Www, Barti Ddu! Dyna i chi ddyn! Am fôr-leidr! A *Dirgelwch yr Ogof* wedyn – Siôn Cwilt! Dyna i chi ddyn clyfar, dewr! Ew, am gymeriadau gwych i'w cynnwys mewn llyfrau!'

Atgoffodd hyn Jac o rywbeth roedd Mererid wedi'i ddweud y diwrnod cynt. 'O'dd T. Llew Jones yn defnyddio cymeriadau o gig a gwaed yn ei lyfrau, felly?' gofynnodd.

'Www! O'dd, siŵr!' atebodd Mererid yn frwd. 'Barti Ddu, Twm Siôn Cati . . . gallen i fynd mla'n a mla'n! Ro'dd e'n defnyddio ardaloedd gwahanol o Geredigion a Sir Benfro yn ei lyfrau hefyd, gan ei fod yn byw yma yn ymyl y môr.'

'Yn y llyfr yma,' meddai Glyn, 'ma' 'na smyglwyr yn dod â chontraband i fae bach tawel Cwmtydu. O'dd hynny wedi digwydd go iawn, te?'

'Mae'n ddigon posib,' atebodd Mererid. 'Mae'r arfordir yn llawn ogofâu a hafnau cul yn y creigiau.'

'Mae'n bosib, felly, fod 'na ogofâu sy'n dal yn llawn o gontraband a phethau tebyg?' meddai Glyn, gan daflu cip sydyn ar Jac. Deallodd yntau i ba gyfeiriad roedd Glyn yn mynd â'r stori.

'Neu drysor hyd yn oed!' ychwanegodd Jac.

'Posib iawn!' oedd unig ateb Mererid. Cododd lyfr o'i chôl i ddatgelu'r hyn roedd hi'n ei ddarllen. 'Dwi wrthi'n darllen *Trysor y Môr-ladron* ar y funud,' meddai. 'Gan fod T. Llew Jones yn sôn cymaint am fôr-ladron a smyglwyr dwi bron yn siŵr, fel chithe, fod 'na drysor allan yna'n rhywle! Ond ar arfordir Ceredigion? Dwi'n amau hynny'n fawr!'

Neidiodd y tri wrth glywed y gloch amser te yn canu. 'Wel, diolch am eich cwmni fechgyn, 'a chofiwch ddod 'nôl unrhyw bryd os hoffech chi wbod mwy am T. Llew – neu os hoffech chi hanner awr fach dawel yng nghwmni un o'i lyfrau.'

'Diolch!' atebodd y ddau gyda'i gilydd cyn rhuthro'n ôl i'r Caban Bwyta. Roedden nhw bellach bron wedi anghofio am helyntion y llethr sgïo.

Nhw oedd y cyntaf i gyrraedd, felly cafodd y ddau ddewis eu bwyd yn syth cyn mynd i eistedd yn y gornel bellaf. Bu raid iddyn nhw aros ryw chwarter awr tan i Deian â Rhodri ymuno â nhw i drafod digwyddiadau'r pnawn.

'Chi'n lwcus iawn 'yn bod ni'n gallu chwerthin am y peth,' meddai Rhodri'n ddifrifol.

'Ti'n iawn, Rhods,' atebodd Glyn. 'Wnawn ni ddim gneud hynny 'to.'

'Beth fuoch chi'n neud wedyn, te?' holodd Deian.

'Aethon ni i'r Ganolfan i weld Mererid,' atebodd Jac, 'i drio ca'l mwy o wybodaeth ganddi am ogofâu'r ardal ac am smyglwyr, contraband a thrysorau.'

Torrodd Rhodri ar ei draws. 'Dwyt ti ddim yn dal i feddwl am neithiwr, wyt ti?' gofynnodd yn bwt. 'Clyw, ffermwr o'dd allan, siŵr i ti . . . yn chwilio am ddafad neu rywbeth.'

'Ond beth am y neges radio? Dere mla'n, Rhods, glywest di honno yr un mor glir â ni!' atgoffodd Glyn ef.

'Falle mai rhywun yn chwarae tric oedd yno?' awgrymodd.

'Fe ddwedodd Mererid fod T. Llew Jones yn defnyddio cymeriadau a lleoliadau go iawn yn ei lyfrau, felly pam na alle fe hefyd fod yn defnyddio digwyddiadau go iawn hefyd? Yn *Dirgelwch yr Ogof* ma' 'na smyglwyr yn smyglo pob math o bethe i ogof ym mhentre Cwmtydu. Pwy sy i ddweud nad oes rhywbeth yn dal ar ôl yno?'

'Ie, ond, ry'n ni yn Llangrannog, ac rwyt ti'n sôn am Gwmtydu! Oes rhywun yn gwbod ble ma'

Cwmtydu hyd yn oed? Falle 'i fod e filltiroedd bant o fan hyn!' meddai Rhodri.

Yn sydyn, rhewodd Jac, a'i lygaid wedi'u hoelio ar y wal y tu ôl i'r fan lle'r eisteddai Glyn a Deian.

'Hei! Jac! Ti'n iawn? Ti'n edrych fel taset ti wedi gweld ysbryd, achan!' chwarddodd Glyn.

Safodd Jac yn stond.

'Be sy'n bod, Jac?' gofynnodd Glyn eto. Sylweddolodd mai edrych ar fap o waelod Ceredigion oedd ei ffrind. Ond methai'n lân â deall beth fyddai wedi cael y fath effaith arno. O'r diwedd, dadrewodd Jac gan bwyntio tuag at bentref Llangrannog ar y map. Yna, dilynodd y bechgyn ei fys â'u llygaid wrth iddo ei symud fodfedd i'r gogledd, i gyfeiriad y pentref nesaf.

'Cwmtydu!'

11

Storm

'Dewch i eistedd fan hyn, blant!' meddai Hywel, y swyddog ifanc, wrth i bawb ruthro tua'r llethr gwibgartio. 'Dwi'n deall eich bod chi newydd gael te, felly bydd 'da chi ddigon o egni i redeg i fyny'r llethr cyn gwibgartio 'nôl lawr!'

Edrychodd pawb i gyfeiriad y llethr oedd tua hanner uchder y llethr sgio y drws nesaf iddo. Doedd yr un ohonyn nhw wedi bod yn gwibgartio o'r blaen. Edrychai'n debyg iawn i sledio, ond heb yr eira. Roedd Rhys wedi bod yn edrych ymlaen yn eiddgar byth ers cyrraedd y gwersyll am y cyfle i rasio yn erbyn y merched. Ac wrth iddo wrando ar bob gair a ddywedai Hywel, sylwodd Jac fod y merched – Megan, Eirlys, Bethan, Glesni a Seren – wrthi'n sibrwd yn dawel ymysg ei gilydd yn y cefn. Rhoddodd bwt i Glyn ac edrychodd hwnnw i'w cyfeiriad hefyd. Gwyddai fod Rhys eisoes wedi trefnu ras gwibgartio yn erbyn y merched.

'Unrhyw gwestiynau?' holodd Hywel wedi iddo orffen egluro popeth.

Cododd Rhys ei law. 'Esgusodwch fi, Syr,' meddai, 'bydden ni'n hoffi cynnal cystadleuaeth rhwng y bechgyn a'r merched, felly oes modd i ni drefnu rhyw fath o gynghrair ar gyfer y rasys?'

Ysgydwodd Hywel ei ben yn araf. Credai pawb am eiliad ei fod am wrthod y cais.

'Dim problem!' meddai, a chododd ochenaid o ryddhad o blith y criw o'i flaen. 'A dweud y gwir, mi fydd hi'n llawer mwy o sbort os byddwch chi'n rasio.' Cydiodd mewn clipfwrdd a phensel a dechrau llunio tabl ar y papur o'i flaen. 'Iawn, os gymera i eich enwau i gyd, yna mi wna i drefnu cynghrair fel bod pawb yn medru rasio yn erbyn ei gilydd. Fydd hynny'n iawn gyda chi?'

Nodiodd y plant eu pennau'n frwdfrydig. Un da oedd Hywel! Penderfynwyd cael chwech o blant ymhob ras, a chyfri canlyniadau pawb. Yr enillwyr fyddai'r tîm oedd â'r lleiaf o bwyntiau ar ddiwedd y sesiwn.

'Y *lleiaf* o bwyntiau?' gofynnodd Glyn yn ddryslyd. 'Shwt 'ny?'

'Achos bydd y person sy'n ennill ras yn ennill un marc i'r tîm, tra bydd y person olaf yn ennill chwech. Felly, gorau po leiaf o farciau ry'ch chi'n eu hennill. Deall?' gofynnodd Hywel.

'Ydw, dwi'n deall nawr!' atebodd Glyn, er nad oedd yn siŵr iawn chwaith!

Cyn hir, roedd y plant yn rhedeg i fyny'r llethr yn

barod ar gyfer y ras gyntaf. Roedd Glyn a Deian ymysg y bechgyn yn y ras, ac Eirlys yn un o'r rhai oedd yn cynrychioli'r merched.

'Tybed pa dactics slei sy gyda *nhw* ar y gweill?' holodd Glyn wrth eistedd yn ei gart ar frig y llethr. Edrychodd y bechgyn draw at Eirlys, a gwenodd hithau'n ôl yn sbeitlyd.

'Ar eich marciau. Barod? Ewch!' bloeddiodd Hywel o'r gwaelod gan sefyll yn ymyl y llinell derfyn er mwyn cofnodi pwy fyddai'n ennill. Roedd Miss Hwyl a Mr Llwyd yn sefyll gerllaw hefyd, ill dau'n dal clipfyrddau.

Cyrhaeddodd y criw cyntaf y llinell, gyda Deian ar y blaen, a Glyn yn bedwerydd. Daeth Eirlys yn ail, a merch arall yn drydydd. 'Dere mla'n, Glyn achan!' cwynodd Jac wrth wylio Glyn yn straffaglu i godi ar ôl ei ras siomedig. 'Ma' raid i ti neud yn well na hynna!'

Fodd bynnag, tro Glyn oedd hi i gwyno yn dilyn y ras nesaf, gan i Jac ddod yn olaf.

'Dere mla'n, Jac achan!' ebychodd Glyn. Llusgodd Jac ei gart yn ddiseremoni draw i ochr y llethr. 'Cer amdani, Rhods boi!'

Cafodd Rhodri'r un drafferth wrth iddo yntau rasio i lawr y llethr, gyda Carwyn a Llion wrth ei ochr. Y merched enillodd y tri safle cyntaf y tro hwnnw eto.

Yn dilyn bron i hanner awr o ruthro i fyny ac i lawr y llethr, roedd y merched ymhell ar y blaen. Dechreuodd y bechgyn amau bod rhywbeth o'i le.

'Chi wedi sylwi ar shwt ma'r merched yn dal eu

gafael ar yr un certiau'n union o hyd?' gofynnodd Rhys yn dawel.

'Ydyn,' atebodd Jac. 'Ond sut ma' hynny'n eu helpu nhw i fynd yn gyflymach?! Y cyfan sy'n wahanol, o'r hyn wela i, yw bod eu rhai nhw'n wyrdd, a'n rhai ninnau'n goch.'

'Dwi'n gwbod!' cyhoeddodd Rhys. 'Fe wna i awgrymu wrth Hywel y dylen ni gyfnewid certiau, gan ei bod hi'n hanner amser, rhag ofn bod 'na fantais wrth ddefnyddio'r rhai gwyrdd.'

'Grêt!' atebodd Glyn, gan synnu at ddyfeisgarwch Rhys.

Ymhen dim, chwythodd Hywel ei chwiban yn uchel. 'Ga i ofyn i bawb ddod i eistedd fan hyn eto, os gwelwch yn dda?' gwaeddodd gan chwifio'i freichiau ar y rhai oedd wedi dechrau rhedeg i fyny'r llethr. Erbyn hynny, roedd ambell smotyn o law ysgafn yn dechrau disgyn. 'Mae hi nawr yn hanner amser,' meddai, 'ac felly fe wnawn ni gyfnewid y certiau er mwyn ei gwneud hi'n ras deg.'

'Ond beth am y tywydd?' gofynnodd Megan yn grac. 'Fe fydd y llethr yn fwy slic yn y glaw!'

'Digon gwir!' atebodd Hywel. 'Ond fe fydd yn deg i bawb.'

Gwgodd Megan a gweddill y merched wrth glywed hyn. Rhaid bod y certiau gwyrdd *yn* well felly, meddyliodd Glyn wrtho'i hun.

'Ha ha! Nawr ma'r sbort yn dechrau!' chwarddodd

wrth gydio mewn cert gwyrdd o afael Eirlys. 'Fe gymera i hwnna!'

Daeth yn amlwg yn fuan iawn fod y certiau gwyrdd yn gyflymach na'r rhai coch. Roedden nhw'n llithro fel petaen nhw ar iâ. Roedd y glaw wedi cyflymu'r rasys hefyd, a phawb yn llwyddo i gyrraedd y gwaelod rai eiliadau'n gynt nag o'r blaen. Dechreuodd diferion bras ergydio'r ddaear wrth i'r glaw mân droi'n storm. Clywyd taranau yn y pellter gan awgrymu bod gwaeth i ddod. Daliodd y plant ymlaen i wibgartio, gan deithio'n gynt ac yn gynt o hyd. Roedd dŵr yn dechrau rhaeadru i lawr y llethr erbyn hyn.

'Shwt ma'r marcie'n edrych?' holodd Glyn wedi iddo ennill ei ras.

'Ry'ch chi fechgyn yn dala lan yn glou!' atebodd Hywel. 'Ond y broblem yw, dwi ddim yn siŵr am faint mwy o amser allwn ni ddal ati. Mae'r glaw 'ma'n ei gwneud hi braidd yn beryglus.'

'Siapwch hi!' gwaeddodd Glyn ar y criw nesaf oedd ar fin dringo'r llethr i rasio. 'Sdim lot o amser ar ôl gyda ni!'

Rhyw bum munud yn ddiweddarach, bu raid i Hywel chwythu'i chwiban i roi terfyn ar y miri. Erbyn hynny, roedd y certiau'n llithro i bob cyfeiriad gan achosi i'r plant groesi llwybrau a tharo'n erbyn ei gilydd.

'Dewch mla'n, bois bach!' gwaeddodd Hywel gan eu hannog i chwilio am gysgod. Roedd yr awyr bellach yn llawn o gymylau du, a'r gwynt yn chwythu'n gryf o'r bae. Roedd y grŵp sgio eisoes wedi rhoi'r gorau iddi, ac wedi ymgasglu yn y Neuadd Ymgynnull. Cafodd pawb eu danfon 'nôl i'w stafelloedd am ychydig i'r storm ostegu a symud yn ei blaen.

Ond ddigwyddodd hynny ddim tan ar ôl swper. Erbyn hynny, roedd pawb ar bigau'r drain i gael bwrw ymlaen â'r gweithgareddau. Cydiodd Rhodri yn ei amserlen ac atgoffa'r bechgyn mai chwaraeon potes yn y Ganolfan Chwaraeon oedd nesaf, a disgo i ddilyn yn hwyrach.

'Disgo?' holodd Glyn yn chwyrn. 'Ro'n i wedi anghofio'r cwbl am hwnnw! Oes raid i ni fynd? Dwi'n casáu disgos!'

'O! Fel tasen ni ddim yn gwbod hynny'n barod!' wfftiodd Rhodri gan wenu. 'Ro'dd y disgo diwethaf i mi fynd iddo'n hwyl! Ti'n cofio, Jac?'

Edrychodd Jac yn flin ar ei ffrind. Oedd, roedd e'n cofio'n iawn! Gwersyll Glan-llyn, tua dwy flynedd yn ôl, pan heriwyd Jac i ddawnsio'n ddwl am hanner awr yn gwisgo'r dillad mwyaf erchyll a welwyd erioed!

'Wel, dwi ddim yn mynd i neud hynny eto!' meddai Jac yn bendant.

Gyda hynny, canodd cloch y gwersyll i'w galw'n ôl i'r Neuadd Ymgynnull. 'Be sy mla'n nawr?' holodd Rhodri gan edrych ar ei watsh. 'Dyw'r gloch ddim i fod i ganu am ugain munud arall!'

Cerddodd y pedwar i lawr i gyfeiriad y neuadd gan sylwi ar nifer o'r hyfforddwyr yn rhuthro yno hefyd. Roedd rhai eraill yn llwytho cerbydau'n frysiog gydag offer glanhau a photeli enfawr o ddŵr. Ar ôl i bawb gyrraedd, cyfarchwyd hwy gan Lowri eto.

'Blant,' meddai'n bryderus, 'mae 'na argyfwng wedi codi i lawr ym mhentre Llangrannog. O ganlyniad i'r storm, mae cryn dipyn o fywyd gwyllt y môr wedi cael eu golchi i'r lan. Mae nifer ohonyn nhw mewn cyflwr gwael ac mae angen i ni fynd i'w helpu. Y rheswm pam dwi wedi'ch galw chi yma yw er mwyn gofyn faint ohonoch chi fyddai'n barod i ddod gyda ni i helpu? Cofiwch, mi fydd golwg druenus iawn ar nifer o'r creaduriaid, felly bydd angen stumog go gryf arnoch chi os y'ch chi am ddod.'

Torrodd Deian ar ei thraws yn ddryslyd. 'Shwt na'th y storm achosi gymaint o niwed, te?'

'Nid y storm achosodd y niwed,' atebodd Lowri, 'ond yr olew . . .'

12

Gwaed ar eu Dwylo

Eisteddodd y pedwar ffrind yng nghefn bws mini'r gwersyll, ar eu ffordd i draeth Llangrannog. Y tu blaen iddyn nhw eisteddai Carwyn a Llion, ac o'u blaen hwythau roedd Bethan ac Eirlys a thri o swyddogion y gwersyll, yn cynnwys Lowri. Roedd gweddill y bws mini yn llawn dop o offer. O'r diwedd, cyrhaeddodd y bws y pentref gan barcio ger tafarn y Ship. Neidiodd y bechgyn allan ac ymuno â'r lleill i gario'r offer glanhau i gyfeiriad y traeth. O'u blaenau, roedd golygfa erchyll. Roedd yna fywyd gwyllt ym mhobman – gwylanod-môr oedd y mwyafrif, a'r rheini i gyd bron yn rhy wan i symud. Roedd nifer o bysgod mân wedi'u golchi i'r lan hefyd.

'Pwy yw hwnna?' gofynnodd Glyn, gan gyfeirio at ffigwr ar y traeth. 'Mae e'n siarad gyda Lowri fan acw.'

'Mae'n edrych fel person go bwysig,' awgrymodd Rhodri wrth sylwi ar y dyn tal mewn dillad tywyll â'r llythrennau RSPB ar ei frest. Fe sylwais i arno fe pan gyrhaeddon ni – roedd e'n rhoi gorchmynion i rai o'r gwirfoddolwyr eraill.'

Gyda hynny, daeth Lowri'n ôl atyn nhw a galw ar Harri a Hywel i ddod ar unwaith at y bws mini. Yno, dechreuodd Lowri egluro'r sefyllfa. 'Dwi newydd fod yn siarad â Marc. Fe sy'n rhedeg y sioe. Mae e am i ni fynd mewn parau i gasglu'r adar byw oddi ar y traeth, dod a nhw'n ôl i fan hyn, a golchi'u hadenydd a'u plu i gyd yn lân. Fel y gwelwch chi, mae'r mwyafrif ohonyn nhw'n fyw, ond heb ddigon o egni i hedfan.'

'Beth y'n ni fod neud â nhw ar ôl eu golchi?' holodd Glyn.

'Ar ôl i chi olchi'r adar yn lân, bydd un o griw'r RSPB yn eu casglu at ei gilydd cyn mynd â nhw bant. Mae'n amlwg fod 'na rywbeth yn llygru'r dŵr.'

'Oes ganddyn nhw unrhyw syniad beth?' gofynnodd Rhodri.

'Nac oes, er eu bod nhw'n gwybod mai'r storm sy wedi cynhyrfu'r dyfroedd ac achosi i'r bywyd gwyllt gael ei olchi i'r lan. Mae Marc yn meddwl mai rhyw gwch neu beiriant neu rywbeth sy wedi llygru'r dŵr a gwenwyno'r bywyd gwyllt.'

Meddyliodd Jac yn ôl i'r noson cynt ar y traeth, pan ddaeth o hyd i'r wylan-fôr farw. Rhaid mai dyna oedd achos ei marwolaeth hithau hefyd, meddyliodd. Roedd ei feddwl ar ras. Beth os mai dyma achos salwch Steff, Pennaeth y Gwersyll, hefyd? Wedi'r cwbl, roedd e wedi bod allan yn pysgota ac wedi bwyta'r pysgod a ddaliodd yn y môr. 'Rhaid bod yna ryw gysylltiad,' meddai Jac wrtho'i hun.

'Mae gwaed ar ddwylo pwy bynnag sy'n gyfrifol am hyn!'

Gyda'r geiriau hynny, gorchmynnodd Lowri i bawb fynd fesul pâr i gasglu'r adar a'u golchi'n drylwyr gyda dŵr glân. Aeth Rhodri'n gwmni i Bethan, Deian gydag Eirlys, Glyn gyda Jac, a Llion gyda Carwyn. Yn ystod yr awr gyntaf, daeth y plant o hyd i bedwar ar hugain o adar rhyngddynt. Rhaid oedd cymryd gofal arbennig wrth gydio ynddyn nhw a'u cario'n ofalus at ymyl y traeth. Ond roedd eu golchi'n fwy o her fyth, ac yn waith anodd ac araf iawn. Roedd y budreddi ar eu plu'n anodd iawn i'w olchi i ffwrdd yn llwyr, gan mai ychydig o hylif glanhau y caniatawyd iddyn nhw ei roi yn y dŵr. Ond roedd hi'n amlwg fod Marc yn gwerthfawrogi eu hymdrech yn fawr.

'Chi'n gwneud gwaith campus!' meddai, wrth gydio yn yr aderyn y bu Glyn a Jac yn ei olchi mor ofalus.

Gweithiodd Glyn a Jac yn galetach fyth ar ôl clywed hyn. Doedd yr un o'r ddau fyth yn cael eu canmol am waith da gan Mr Ifan, eu hathro dosbarth. Roedd y cyflenwad cyson o baneidiau te a bisgedi gan berchennog tafarn y Ship hefyd yn help gyda'r gwaith.

Aeth rhyw awr arall o gasglu a golchi heibio. Erbyn hynny, ychydig iawn o adar oedd ar ôl ar y traeth. Wrth iddo gasglu'r aderyn olaf oddi ar Glyn a Jac a'i roi yn y fan, diolchodd Marc unwaith eto i'r plant i gyd am eu hymdrech.

'Fydden ni ddim wedi llwyddo hebddoch chi!' meddai gan wenu.

Ymunodd gweddill criw gwersyll Llangrannog â hwy wrth i baned arall o de gyrraedd o gyfeiriad y Ship. Roedd pawb yn eu hwyliau, er gwaetha'r budreddi ofnadwy oedd ar ddillad pawb.

'Peidiwch â phoeni,' meddai Lowri, 'fe gewch chi gyfle i newid cyn mynd i'r disgo!'

'O! Y disgo!' meddai'r criw i gyd gyda'i gilydd wrth ddringo'n ôl i'r bws. Roedd pawb wedi anghofio amdano yng nghanol yr holl brysurdeb.

'Oes *rhaid* i ni fynd i'r disgo?' holodd Glyn yn ddiflas. 'Gan ein bod ni wedi bod yn gymaint o help yma heno, pam na chawn ni fynd i'r Ganolfan Chwaraeon i gael gêm dawel o sboncen neu rywbeth yn lle hynny?'

Ysgydwodd Lowri ei phen. 'Mae arna i ofn y bydd yn rhaid i bawb fynd i'r disgo – chithe hefyd!'

Cyn i'r bws adael y traeth, amneidiodd Marc ar y gyrrwr i aros.

'Diolch i chi gyd am eich help!' meddai'n frwdfrydig wrth y criw drwy ffenest agored y bws. 'Dwi'n siŵr y byddai'r adar eu hunain yn diolch i chi petaen nhw'n gallu!'

'Beth wnewch chi â nhw nawr?' holodd Jac o'r cefn.

'Mynd â nhw i gael eu golchi unwaith eto . . . gwneud yn siŵr eu bod nhw'n iawn . . . yna'u rhyddhau nhw mewn man diogel a glân.'

'Y'ch chi'n mynd â nhw nawr?' gofynnodd Glyn.

'Fydda i ddim yn mynd â nhw'n bersonol – aelod arall o'r staff fydd yn gwneud hynny. Mae'n rhaid i fi symud ymlaen i'r traeth nesaf, yn anffodus! Mae 'na nifer o adar wedi'u golchi i'r lan yng Nghwmtydu hefyd.'

'Cwmtydu?' holodd Glyn yn sydyn. Edrychodd y bechgyn eraill ar ei gilydd.

'Ie, dwi ar fy ffordd yno nawr. Sdim awydd arnoch chi ddod gyda fi, oes e?' holodd yn bryfoclyd.

Dechreuodd Lowri ysgwyd ei phen yn araf cyn clywed y criw bechgyn o'r cefn yn gweiddi, 'O, oes! Plîs Lowri . . . gawn ni?'

'Na! Mae'n rhaid i mi fynd 'nôl i'r gwersyll i drefnu'r disgo!' atebodd.

'Ie, ond does dim raid i *ni* fynd!' mentrodd Glyn.

Pendronodd Lowri ynghylch y syniad am eiliad.

'Galla i fynd gyda nhw, os ti'n moyn?' cynigiodd Harri.

Edrychodd y bechgyn yn eiddgar ar wyneb Lowri.

'O! Olreit te!' cytunodd o'r diwedd. 'Ond cofiwch fihafio, a pheidiwch â mynd dan draed Marc a Harri! Deall!'

'Deall!' atebodd y bechgyn.

'Harri, cer â dy radio personol gyda ti. Cysyllta os oes problem!' oedd y geiriau olaf a glywodd y bechgyn wrth iddyn nhw adael y bws mini a'i throi hi am un o faniau'r RSPB. Cyn hir, roedden nhw, Marc a

Harri'n teithio ar hyd y ffordd gul i'r gogledd o Langrannog.

'Bydd hi'n rhy dywyll i ni fedru gweld beth y'n ni'n neud,' meddai Rhodri.

'Paid â phoeni am hynny! Mae 'na lampau enfawr gen i yn y cefn – hen ddigon i oleuo bae bach Cwmtydu fel golau dydd!'

Rhyw ddeng munud yn ddiweddarach, roedd y criw wrthi'n casglu rhagor o adar oddi ar y traeth ac yn eu golchi fel y gwnaethant ar draeth Llangrannog. Roedd y traeth hwn yn weddol fach, ac ychydig iawn o adar oedd yno, drwy lwc. Ond erbyn iddyn nhw gwblhau'r dasg, roedd y nos wedi hen ddisgyn.

Dychwelodd y criw at y fan. Wrth iddyn nhw gychwyn o'r maes parcio gwag, pwyntiodd Harri at y clogwyni uwchben y traeth, gan ddangos llwybr cerdded yn ôl tua'r gwersyll.

'Petai hi'n dal yn olau, fe allen ni gerdded 'nôl,' meddai Harri wrth Marc. 'Ond erbyn hyn, bydd hi'n ddu fel y fagddu lan ar y creigiau 'na ac yn beryglus iawn. Ry'n ni'n gwerthfawrogi'r llifft 'nôl, 'yn 'dyn ni bois?'

'Ydyn!' atebodd y pedwar arall gyda'i gilydd.

'Dim problem, bois bach!' meddai Marc. 'Dw innau'n gwerthfawrogi'ch help chi heno. Fe fydde hi wedi cymryd llawer mwy o amser i mi ar 'y mhen fy hun!'

Ni siaradodd neb am weddill y daith. Roedd y

bechgyn yn gobeithio'n fawr y byddai'r disgo wedi orffen erbyn iddyn nhw gyrraedd yn ôl. Ac yn wir, wrth iddyn nhw gamu o'r fan, daeth tyrfa fawr o blant chwyslyd i'w croesawu. Roedden nhw ar fin mynd 'nôl i'w stafelloedd ar ôl noson hir o ddawnsio.

'Wnaethon ni'n dda i osgoi'r disgo afiach 'na!' meddai Glyn yn wên o glust i glust.

Gyda hynny, clywodd y bechgyn lais cyfarwydd yn galw arnyn nhw o'r swyddfa.

'Ewch i newid eich dillad, fechgyn, a dewch â'r rhai budr 'nôl fan hyn i'w rhoi yn y peiriant golchi,' gorchmynnodd Lowri.

Ufuddhaodd y pedwar cyn dychwelyd i'w stafell, pob un yn ysu am gael gorwedd i lawr i glwydo am y nos. Yn sydyn, neidiodd Jac o'i wely a chwilio rhwng ei ddillad.

'Be sy mla'n 'da ti nawr?' holodd Glyn yn grac.

'Rhys! Dwi heb ei weld e ers orie! Ma' fe'n siŵr o fod yn mynd yn ddwl yn trio cysylltu â fi!'

Trodd Jac ei radio ymlaen gan droi'r botwm yn wyllt i geisio dod o hyd i'r sianel gywir.

'Helô? Helô?' meddai drosodd a throsodd.

O'r diwedd, daeth ateb. Ond nid yr ateb roedd wedi'i ddigwyl.

'Tyhwit-tyhŵ.'

'Beth oedd hwnna?' holodd Glyn yn gysglyd.

'Sa i'n siŵr!' atebodd Jac.

13

Cri'r Dylluan

Cododd y bechgyn o'u gwelyau gan ddisgwyl i Rhys ateb, ond yn ofer.

Yna'n sydyn, daeth sŵn cyfarwydd dros y tonfeddi.

'Dyna nhw, dyna nhw!' gwaeddodd Jac yn sydyn. 'Yr un lleisiau â neithiwr! Ac ar yr un sianel â'r tylluanod! Mae'n rhaid eu bod nhw'n agos . . . tu fas yn rhywle hefyd . . . os oes 'na dylluanod yn y cefndir!'

'Ssshhht!' torrodd Jac ar eu traws. 'Dwi eisie clywed be maen nhw'n ddweud . . .'

Gwrandawodd y pedwar yn astud ar y lleisiau rhwng y clecian diddiwedd.

'Wel, ma' un peth yn bendant – yr un lleisie â neithiwr 'yn nhw!' cyhoeddodd Deian wedi i'r radio ddistewi am ychydig. 'Mae'n swnio fel petaen nhw'n trafod cyfarfod heno eto.'

'Ti'n iawn, Deian, a dwi'n siŵr bod un ohonyn nhw wedi defnyddio'r gair *trysor*.'

'Fel neithiwr!' atgoffodd Glyn nhw. 'Clywch, bois, does dim pwynt i ni orwedd fan hyn yn ceisio dyfalu be sy'n mynd mla'n. Os ydyn ni am wbod y gwir, mae'n rhaid i ni neud rhywbeth *nawr*!'

'Cytuno!' meddai Jac. 'Allen ni orwedd fan hyn drwy'r nos yn gwrando, a fydden ni ddim tamaid callach. Welson ni neithiwr i ble'r o'dd y cysgod 'na'n mynd â'i fflachlamp. Pam nad ewn ni ar hyd y llwybr hwnnw i weld i ble mae e'n mynd? Pum munud fyddwn ni! Deng munud, a fyddwn ni'n ôl yn ein gwelye!'

Edrychodd Rhodri'n bryderus. 'Sa i'n siŵr!' meddai'n dawel.

'Dere mla'n Rhods, boi!' meddai Glyn gan godi o'i wely a rhoi'i law ar ysgwydd ei ffrind. 'Wnest ti fwynhau antur neithiwr! Wel, beth am neud yr un peth heno eto? Deng munud fach, dyna i gyd!'

'Dwi'n dy gofio di'n gweud rhywbeth tebyg y llynedd yng Nghaerdydd!' atgoffodd Rhodri ef. 'A drycha be ddigwyddodd wedyn – ro'n i'n rasio drwy ganol y ddinas yng nghar Miss Hwyl, a Deian wrth y llyw! Ry'n ni'n lwcus ein bod ni'n fyw, achan!'

'Dere mla'n!' mentrodd Glyn. 'Unwaith eto!'

Cododd Rhodri o'i wely ac estyn am ei drowsus a'i siwmper, a gwnaeth Glyn yr un fath. Mewn chwinciad chwannen, roedd y bechgyn i gyd wedi gwisgo ac yn mynd allan o'r stafell ar flaenau'u traed. Gafaelodd Deian yn dynn yn ei fflachlamp cyn llithro allan i'r tywyllwch drwy'r drws tân.

Rhuthrodd y bechgyn yn gyflym ar draws y lawnt er mwyn diflannu o'r golwg cyn i neb eu gweld. Wedi cyrraedd y llwybr, safodd y pedwar am ychydig i gael eu gwynt atynt.

'Ble nawr?' holodd Jac, gan ystumio ar Deian i fflachio'i olau i lawr y llwybr o'u blaenau.

'Draw fan'na!' atebodd Glyn gan bwyntio'i fys. 'Nawr, clywch bois, cyn i ni fynd dim pellach,' meddai, gan ostwng ei lais, 'bydd raid i ni fod yn dawel os y'n ni am wbod be sy'n mynd mla'n gyda'r ddau 'na ar y radio. Am wn i, falle mai dau berson yn chwarae dwli 'yn nhw! Ar y llaw arall, falle bod 'na ddau ar drywydd trysor. Os felly, ma' angen i ni fod yn ofalus.'

Nodiodd y tri arall eu cytundeb. Yna, â'u gwynt yn eu dwrn, ceisiodd y bechgyn ddilyn yr un llwybr y gwelsant y cysgod yn ei ddilyn y noson cynt. Y tro hwn, roedd fflachlamp Deian ganddyn nhw i arwain y ffordd, er mai Glyn oedd yn ei charrio.

'Hei! Glyn!' meddai Deian, ychydig yn rhy uchel, 'pam mai ti sy'n cario'r fflachlamp? Fi biau hi!'

'Peidiwch â chwmpo mas nawr, wir!' sibrydodd Rhodri'n grac. 'Dere mla'n, Deian, gei di gario dy fflachlamp ar y ffordd 'nôl!'

Wffitiodd Deian y syniad, ond daliodd y bechgyn i gerdded am rai munudau heb weld unrhyw beth oedd yn edrych yn ddieithr neu'n wahanol i'r arfer.

'Dwi ddim yn credu y dylen ni fynd dim pellach!' awgrymodd Rhodri, wrth iddo deimlo'r awel yn codi. Gallai'r bechgyn glywed sŵn y tonnau'n torri ar y creigiau islaw, gan eu hatgoffa na fyddai croeso cynnes iddyn nhw ar waelod y dibyn.

'Dewch! Well i ni droi'n ôl!' meddai Glyn. 'Does dim byd allan o'r cyffredin i'w weld fan hyn!'

Ar hynny, clywodd y bechgyn sŵn lleisiau'n cario ar yr awel. Safodd y pedwar yn stond gan geisio leoli'r lleisiau. Oedden nhw'n dod o gyfeiriad y gogledd neu'r de? O'r môr neu o'r dwyrain? Er gwrando'n astud, doedd gan neb 'run syniad. Ystumiodd Glyn ar i'r bechgyn gyrcydu'n isel yn y borfa hir.

'Sa i'n siŵr o ble ma'r lleisiau 'na'n dod, ond maen nhw'n agos!' meddai'n dawel, gan obeithio na fyddai'r awel yn cario'i lais yn bell.

'Falle bod hyn yn swnio bach yn ddwl,' mentrodd Jac, 'ond maen nhw'n swnio fel petaen nhw'n dod o rywle oddi tanon ni!'

Gwrandawodd y bechgyn yn astud eto. Roedd y lleisiau'n codi, fel petai rhywrai'n ffraeo â'i gilydd. Pwyntiodd Glyn at y ddaear.

'Ti'n iawn!' meddai'n dawel eto. 'Ma'r lleisiau yn rhywle oddi tanon ni! Ond shwt 'ny? Ma'r graig 'ma'n gwbl solet!'

'Sshh!' sibrydodd Jac yn sydyn wrth ddiffodd y fflachlamp. Gallent glywed sŵn traed yn camu ar hyd y clogwyni gerllaw, a gweld llafn o olau'n archwilio'r llwybr caregog. Drwy lwc, arhosodd pwy bynnag oedd yno ychydig fetrau i ffwrdd, cyn diffodd ei fflachlamp yntau. Yna, ar ôl iddo daro'r ddaear dair gwaith â charreg fawr, clywyd sŵn "*Tywhit*" yn codi o'r ddaear. Eiliad neu ddwy'n ddiweddarach, daeth *"tyhŵ"* yn ateb o'r llwybr gerllaw, a diflannodd y ffigur i mewn i'r ddaear o'u blaenau.

'I ble'r aeth e?' holodd Glyn o'r diwedd. 'Mae fel petai'r ddaear wedi'i lyncu e'n gyfan!'

'Rhaid bod 'na fynedfa gudd i ogof neu rywbeth,' awgrymodd Rhodri. 'Sylwoch chi ar y ffordd y rhoddodd e wbod i bwy bynnag sy yn yr ogof ei fod e wedi cyrraedd?'

'Do, y sŵn gwdihŵ 'na!' atebodd Glyn yn wawdlyd.

'Yn hollol!' cytunodd Rhodri.

'A daeth y rhan gyntaf . . . y *tywhit* . . . o'r tu mewn i'r ogof . . .' ychwanegodd Deian.

'Hei, Glyn, wyt ti'n ffansïo dy hun fel tipyn o geiliog?' gofynnodd Rhodri fel petai wedi cael fflach o ysbrydoliaeth o rywle.

'Be?' holodd Glyn yn ddryslyd.

'Wel, ma' da fi syniad, ond bydd raid i ti glochdar – a chlochdar yn dda 'fyd!'

14

Dirgelwch yr Ogof

'Chi'n gweld,' eglurodd Rhodri gan edrych yn ofalus ar wynebau'r tri, 'wrth eu twyllo nhw fel hyn, falle y cân nhw eu dychryn a phenderfynu gadael. Gallen ninnau, wedyn, fynd i weld beth sy o dan y ddaear 'ma!'

Edrychodd y pedwar ar ei gilydd. Er mai Rhodri oedd y bachgen mwyaf clyfar o'r grŵp, doedd ganddo fe fawr o brofiad o chwarae triciau ar bobl. Glyn a Deian oedd y giamstars ar wneud hynny! Beth bynnag, roedd yr ysfa i wybod beth yn union oedd wrth wraidd yr holl fynd a dod o'r ogof yn ormod iddyn nhw. Felly dyma gytuno i fwrw ymlaen â'r cynllun.

Anelodd Deian, Jac a Rhodri i ben pella'r llwybr gan adael Glyn ar ei ben ei hun yn ymyl y fan lle trawodd y dyn dirgel y garreg yn erbyn y ddaear yn gynharach. Ar ôl sicrhau bod Glyn yn gwybod beth i'w wneud, amneidiodd Rhodri arno i gychwyn. Cododd Glyn y garreg yn uchel i'r awyr cyn ei tharo hi deirgwaith ar y graig galed islaw. Yna, gadawodd y garreg ar y llawr cyn clochdar dros y lle i gyd,

'Coc-a-dwdl-dŵŵŵ!' cyn rhedeg at y bechgyn a chuddio gyda nhw yn y llwyni. Ni fu yn raid i'r bechgyn aros am yn hir cyn gweld rhywun yn codi o'r ddaear. 'Helô? Helô?!' meddai'r llais cras. 'Oes rhywun 'na?'

Gorweddai'r bechgyn yn fflat ar eu stumogau gan biffian chwerthin. Hyd yn oed os na fyddai cynllun Rhodri'n llwyddo, roedd e'n andros o hwyl!

Ymhen ychydig eiliadau, diflannodd y ffigur yn ôl o dan y ddaear. 'Reit te, Deian, ti sy nesa! Ti'n barod?' sibrydodd Rhodri.

'Ydw!' atebodd Deian, cyn codi a sleifio draw at y graig. Cododd y garreg yn uchel uwch ei ben cyn ei tharo, fel y gwnaeth Glyn, ar y ddaear galed islaw. 'Cwaaaaac-Cwac-Cwac-Cwac-Cwaaaaaac-Cwac-Cwac-Cwac-Cwac!' cwaciodd dros y lle i gyd gan wneud i'r bechgyn eraill chwerthin yn uchel. Rhedodd Deian yn ôl atyn nhw ar amrantiad gan lwyddo i lanio yn eu hymyl ar yr union eiliad y cododd y ffigur o'r ddaear unwaith eto.

'Helô? Helô?' meddai'r llais eto, ychydig yn fwy blin y tro hwn. Cerddodd pwy bynnag oedd yno ychydig gamau'n ôl a blaen ar hyd y llwybr cyn diflannu eto o dan y ddaear yn ysgwyd ei ben mewn penbleth.

Rhoddodd Rhodri bwt i ochr Deian. 'Da iawn, Dei boi!' meddai â gwên lydan ar ei wyneb. 'Reit! Jac, ti sy nesa!'

Cododd Jac yn lletchwith o'i guddfan a cherdded draw'n hamddenol. Tynnodd gap gwlân i lawr dros ei glustiau. Doedd e ddim wedi penderfynu eto sŵn pa aderyn roedd e'n mynd i'w ddynwared. Wedi'r cwbl, roedd Glyn a Deian eisoes wedi cymryd y rhai gorau. Cododd y garreg a'i tharo yn erbyn y graig dair gwaith. Taflodd gip gyflym i gyfeiriad ei ffrindiau cyn trydar fel aderyn bach. 'Twît! Twît! Twît! Twît! Twît!' canodd, ei lygaid ar gau a'i geg yn uchel yn yr awyr! 'Twît! Twît! Twît! Twît! Twît! Twît!'

'Jac! Jac! Dyna ddigon!' sibrydodd Rhodri'n uchel.

Ond yn rhy hwyr. Cododd ffigur tal o'r ddaear ac edrych yn syn ar Jac. 'Pwy wyt ti?' holodd yn wyllt.

'Ym . . . Robin . . . robin goch . . .' atebodd Jac yn lletchwith.

Yna, daeth llais menyw o'r tu mewn. 'Pwy sy 'na?'

'Rhyw fachgen o'r enw Robin!' atebodd y dyn â'r llais cras.

'Robin? Dwi ddim yn nabod unrhyw Robin! Beth mae e'n neud 'ma ta beth? Dere ag e lawr fan hyn, glou!'

Cydiodd y dyn yn dynn yng ngholer Jac a'i dynnu tuag ato, gan achosi i'w gap lithro oddi ar ei ben a disgyn i'r glaswellt hir yn ei ymyl. 'Dere gyda fi, y llipryn bach!' meddai.

Gorweddodd y bechgyn yn eu hunfan heb symud gewyn.

'O'dd hynna'n rhan o dy gynllun di hefyd, Rhods?' gofynnodd Deian yn wawdlyd.

'Ym . . . nac o'dd,' atebodd Rhodri. 'Be newn ni nawr?'

'Rhaid i ni 'i helpu e!' mynnodd Glyn. 'Rhaid i ni daro'r garreg 'na ar y ddaear er mwyn iddyn nhw agor beth bynnag sy'n gorchuddio'r fynedfa. Wedyn . . . wedwn ni ein bod ni ar goll . . . a'n bod wedi dod i chwilio am ein ffrind . . . er mwyn mynd 'nôl i'r gwely. Wedi'r cwbwl, dwi ddim yn credu y bydd ots 'da nhw. Y cyfan 'yn ni wedi'i neud yw dod ar draws 'u cuddfan nhw – a dim ond twll bach yn y ddaear yw hwnnw! Chwarae plant, os chi'n gofyn i fi!'

Meddyliodd Deian a Rhodri'n galed am syniad Glyn. 'Dwi'n siŵr mod i wedi clywed llais y ddynes 'na o'r blaen!' meddai Rhodri.

'A finne!' ychwanegodd Deian. 'Er, alla i ddim cweit roi mys arno . . .'

'Dim ond un peth allwn ni neud!' cyhoeddodd Glyn cyn codi ar ei draed a martsio draw at y garreg. Cododd hi'n uchel a'i tharo deirgwaith ar y graig. Yna, yn sydyn, sylwodd y bechgyn ar ddarn mawr o graig ffug yn cael ei dynnu i'r ochr a ffigur tal yn codi fel cwningen allan o'r twll.

'Ie?' holodd y dyn yn grac. Roedd yn gwbl amlwg ei fod wedi cael llond bol ar agor a chau'r caead drwy'r nos.

'H . . . helô . . . n . . . noswaith dda,' dechreuodd Glyn yn gwrtais. 'Dy'ch chi ddim yn digwydd bod wedi gweld ein ffrind ni, 'ych chi? Mae e'n dueddol o gerdded yn ei gwsg, chi'n gweld, a meddwl o'n i tybed . . .'

'Dewch 'da fi,' meddai'r dyn yn sydyn gan wthio'r tri'n ddiseremoni i mewn drwy'r agoriad yn y ddaear. Gyrrwyd nhw ymlaen i safle gweddol fawr a oedd wedi'i oleuo gan ddwy gannwyll. Gwelodd y bechgyn Jac ar unwaith. Roedd yn eistedd ar graig yn y gornel a'i lygaid yn llawn dagrau.

'Jac boi! Ti'n iawn?' gofynnodd Glyn yn bryderus.

'Jac?' meddai'r dyn. 'Ond wedest ti mai Robin o'dd dy enw di!'

Ni chymerodd Jac unrhyw sylw ohono. Daliai i edrych yn ofnus ar y lleill. Buan y sylweddolodd y bechgyn eu bod wedi chwarae tric ffôl, a'u bod nhw bellach mewn perygl mawr. Gwthiodd y dyn tal y tri yn eu tro draw at Jac. Gorchmynnodd iddyn nhw beidio â symud gewyn, neu byddai'n rhaid iddo eu clymu dynn â rhaff. Yna, diflannodd y dyn o'r golwg i lawr rhyw guddfan serth a chul.

'Ti'n iawn, Jac?' holodd Glyn eto.

Llwyddodd Jac i nodio'i ben yn araf. 'Dwi mor falch o'ch gweld chi!' mentrodd. 'Pan dynnodd y dyn ofnadw 'na fi i mewn i'r twll 'ma, o'n i'n ofni y byddech chi'n 'y ngadael i 'ma ar 'y mhen 'yn hunan!'

'Fydden ni byth yn gadel ffrind, ti'n gwbod 'na!' cysurodd Glyn ef.

'Dwi'n meddwl y dylai un ohonon ni fod wedi mynd i nôl help,' ychwanegodd Rhodri. 'O leia pan o'dd y tri ohonon ni tu fas, roedden ni'n rhydd i fynd yn ôl i'r gwersyll i chwilio am help. Ond nawr . . .'

'Wyt ti wedi gweld y ferch 'to?' holodd Deian.

'Naddo!' atebodd Jac. 'Dim ond wedi clywed 'i llais hi. A jiw, ma' hi'n swnio'n gyfarwydd iawn!'

'Ro'n inne'n meddwl 'ny 'fyd!' cytunodd Rhodri.

Gyda hynny, ailymddangosodd y dyn tal gan orchymyn y pedwar i'w ddilyn drwy'r bwlch cul.

I ble chi'n mynd â ni?' holodd Rhodri'n grynedig.

'Ma'r bòs eisie cwrdd â chi!' meddai'r dyn. 'Ac os wnewch chi gymryd 'y nghyngor i, newch chi fihafio yn ei chwmni hi!'

Edrychodd y pedwar bachgen ar ei gilydd yn llawn dychryn cyn ufuddhau. Arweiniwyd nhw i lawr rhyw risiau anwastad, serth, wedi'u ffurfio o'r graig. O'r diwedd, fe gyrhaeddon nhw fan agored, eang, a hwnnw wedi'i oleuo'n dda unwaith eto gan nifer o ganhwyllau. Sylwodd y pedwar yn syth ar ffigur benywaidd unig oedd yn sefyll yn y gornel â'i chefn atynt. Ond cyn iddi hyd yn oed droi i'w hwynebu, roedd y bechgyn wedi'i hadnabod ar unwaith. Roedd yr hen gardigan dyllog a'r sgert hir amryliw â phatshys drosti'n ddigon i'r bechgyn sylweddoli mai llais Mererid oedd yr un a glywsant yn gynharach. O'r diwedd, trodd i wynebu'r bechgyn ond, yn wahanol i'r arfer, doedd yna'r un wên ar ei gwefusau heno.

'Ro'n i'n amau y byddai gennych chi ryw ran yn hyn i gyd!' meddai gan wgu ar y bechgyn. 'Pan ddaethoch chi'ch dau i ngweld i ddoe, a gofyn yr holl gwestiynau 'na, ro'n i'n gwbod eich bod chi ar drywydd rhywbeth!'

Ceisiodd Rhodri achub eu crwyn. 'Na! Dy'n ni'n gwbod dim, nag'yn ni bois? Dod i chwilio am Jac 'naethon ni . . . fel wedodd Glyn . . . mae e'n cerdded yn 'i gwsg . . . a welon ni fe'n dod lawr fan hyn, felly dyma ni'n 'i ddilyn e! Dyna i gyd. Gawn ni fynd 'nôl i'r gwely nawr? Plîs?'

Chwarddodd Mererid yn gras fel hen wrach, ac ymunodd y dyn tal â hi. Rhedodd ias i lawr cefnau'r bechgyn wrth glywed y ddau'n chwerthin yn afreolus fel hyn.

'Y'ch chi'n meddwl mod i'n dwp?' holodd Mererid gan edrych yn fileinig arnyn nhw. 'Chwilio am drysor y'ch chi, ontefe?'

Yna, fel petai hi newydd sylweddoli ystyr ei geiriau, ailadroddodd nhw'n arafach, ac yn bwyllog. 'Chi'n chwilio am y trysor, nag'ych chi?'

Edrychodd y bechgyn yn syn ar ei gilydd 'Trysor?' holodd Deian, gan geisio swnio'n ddihid. 'N . . . na! Dy'n ni'n gwbod dim am unrhyw drysor.'

Ond doedd Mererid ddim yn gwrando arno. Trodd ei chefn unwaith eto gan siarad yn dawel wrthi hi'i hun. Daliodd y bechgyn i edrych ar ei gilydd yn ofnus. Doedd hon yn ddim byd tebyg i'r ferch groesawgar oedd mor barod i drin a thrafod T. Llew Jones.

Trodd i edrych arnyn nhw eto, ei llygaid yn symud

o un wyneb i'r llall. 'Dwi wedi penderfynu . . .' dechreuodd, 'datgelu 'nghyfrinach wrthoch chi . . . ond mae 'na amodau . . . yn anffodus.'

'Wir i chi . . . ry'n ni jyst eisie mynd 'nôl i'r gwely,' meddai Rhodri eto.

'A galw yn swyddfa'r Pennaeth i ddweud y cyfan hefyd, mae'n siŵr!' cyfarthodd Mererid. 'O na! Chewch chi ddim gadael yr ogof yma, fechgyn. Byth!'

Daeth gwên i wefusau Mererid am y tro cyntaf wrth iddi ddweud y geiriau – gwên galed, greulon.

'Hon yw ogof go iawn T. Llew!' meddai'n uchel gan chwifio'i breichiau o'i chwmpas i ddangos maint yr ogof. 'Nid y stafell bitw 'na yn y Ganolfan Treftadaeth, a'i charpedi clyd, ei gwres canolog a'i thechnoleg fodern! O na! Hon yw ogof y lleisiau. Dyma lle bu'r smyglwyr yn brysur. A dyma lle cuddiodd sawl môr-leidr ei drysor hefyd! Chi'n gweld, y ffyliaid, fi yw Siôn Cwilt yr oes fodern. Fi yw Siôn Cwilt y dyfodol – ond yn wahanol i'r Siôn Cwilt chwedlonol, dwi ddim yn bwriadu rhannu nghyfoeth gyda neb!' Chwarddodd yn uchel eto.

Yna, fel fflach, sylweddolodd y bechgyn beth oedd arwyddocâd y sgert hir. amryliw. Roedd Mererid yn credu mai hi *oedd* Siôn Cwilt!

'Dewch gyda fi i lawr at geg yr ogof!' cyfarthodd Mererid eto.

Doedd fawr o ddewis gan y bechgyn ond ufuddhau. Cerddodd y dyn tal y tu ôl iddyn nhw, gan bwnio Jac yn ei gefn bob nawr ac yn y man wrth i hwnnw droedio'n ofalus ar hyd y ddaear anwastad. Gyda phob cam, roedd sŵn y tonnau'n codi'n uwch ac yn uwch yn eu clustiau.

'Diawl!' Rhegodd Glyn dan ei anadl. Roedden nhw mewn picil go iawn nawr!

15

Ymysg Lladron

Wrth ddilyn Mererid ar hyd y llwybr, cafodd y bechgyn y teimlad fod yr ogof yn mynd ymlaen ac ymlaen yn ddiddiwedd. Wrth i Mererid gamu'n hyderus o un garreg i'r llall, roedd yn amlwg ei bod hi'n gwbl gyfarwydd â'r llwybr. Roedd y bechgyn yn baglu ac yn syrthio'n aml ar y llawr caled, a hithau'n chwerthin am eu pennau bob tro.

'Peidiwch â phoeni,' wfftiodd. 'Bydd ychydig o waed ar eich pengliniau yn ddim byd o'i gymharu a phoen y newyn fyddwch chi'n ei deimlo pan fydda i'n eich gadael chi yma i bydru!' A chwarddodd yn uchel eto.

O'r diwedd, cyrhaeddodd y criw geg yr ogof a syllodd y bechgyn yn syn ar yr olygfa o'u blaenau. Yno, roedd peiriant anferth wedi'i lusgo i mewn i'r ogof, mewn ymgais i'w guddio o olwg pawb.

'Beth ar y ddaear yw hwnna?' holodd Glyn gyn betrusgar.

'Dril!' atebodd Mererid. 'Chi'n gweld, pan ddois i ar draws yr ogof, doedd dim byd yma. Yna, dyma fi'n sylweddoli falle bod 'na rywbeth wedi'i guddio y tu ôl i'r graig fawr 'ma. Mi lwyddais i symud y dril i'r ogof ar gwch mawr, ac ar ôl wythnos o dyllu drwy'r graig, dyma fi'n darganfod y rhain.'

Arweiniodd Mererid y bechgyn at dwll enfawr yn ochr yr ogof, a chwibanodd Deian yn isel wrth weld yr olygfa y tu mewn. Roedd yna fareli wedi'u gosod yn bentyrrau uchel, a chistiau yn eu hymyl, ac ar ben y cyfan roedd pentwr o sachau gorlawn.

'Be sy ynddyn nhw?' gofynnodd Rhodri'n gegrwth.

'Www . . . tipyn bach o bopeth!' atebodd Mererid, wrth ei bodd yn gweld ymateb y bechgyn. 'Yn y bareli mae 'na frandi contraband. Dwi ddim yn hoff iawn o frandi fy hun, felly dwi ddim yn siŵr ydi e'n stwff da neu beidio. Ond, o gofio'i fod e wedi'i guddio yma ers canrifoedd, fe fydd yn sicr wedi aeddfedu'n dda!'

'Ych a fi!' meddai Glyn. 'Fe fydd e'n llawer rhy hen i'w yfed erbyn hyn!'

'I'r gwrthwyneb!' cyhoeddodd Mererid. 'Mae brandi'n gwella gydag amser, yn enwedig mewn bareli derw fel rheina. Mi fyddan nhw'n werth ffortiwn!'

'Beth am y cistiau – be sy yn y rheini?' holodd Jac.

'Cer draw i agor un ohonyn nhw i ti gael gweld drosot ti dy hun!'

Doedd dim angen iddi ddweud ddwywaith. Camodd Jac drwy'r twll yn ofalus, gan synnu gweld bod y peiriant wedi llwyddo i dyllu trwy drwch sylweddol o graig er mwyn cyrraedd yr ogof gudd ar yr ochr draw. Dilynodd y lleill yn eu tro, gan ddechrau stryffaglu i agor cist bob un. Er bod caead pob cist wedi rhydu yn yr ogof laith, sylwodd y bechgyn eu bod yn amlwg wedi cael eu hagor yn weddol ddiweddar – gan Mererid, siŵr o fod. Felly, cyn hir, roedd yna bedair cist yn agored o'u blaenau – a'r tu mewn i bob un roedd pentyrrau o'r gemwaith tlysaf a welodd y bechgyn erioed – cannoedd ar gannoedd o emau gwerthfawr o bob lliw a llun, a chadwynau aur yn dolennu drwy'r cyfan. Cydiodd y bechgyn mewn ambell gadwyn o fwclis a'u lithro'n araf rhwng eu bysedd. Doedd dim amheuaeth o gwbl – roedd gwerth ffortiwn yn y cistiau hyn!

Trodd Rhodri ei sylw'n ôl at Mererid. 'Shwt oeddech chi mor siŵr fod yr holl gyfoeth yn dal yma?' gofynnodd yn ddryslyd.

Cymerodd Mererid gam yn ôl gan eistedd ar graig isel. Bron na theimlai'r bechgyn fel petaen nhw'n ôl yn y stafell fach yn y Ganolfan Treftadaeth, ac ar fin clywed stori am T. Llew Jones a'i lyfrau anturus.

'Pan o'n i'n blentyn bach,' dechreuodd Mererid, 'ro'n i'n casáu darllen! Byddai Mam yn fy siarsio i i ddarllen y peth yma a'r peth arall, ond ro'n i'n gwrthod! Hen lyfrau diflas oedden nhw – llyfrau bach neis neis i ferched, llyfrau am dylwyth teg a blodau a phethe felly. Ond yna, un diwrnod, ar ddechrau gwyliau'r haf, dyma fi'n cydio yn un o lyfrau T. Llew Jones. *Wnei di ddim hoffi hwnna,* meddai Mam yn flin, gan gydio yn y llyfr a'i roi'n ôl ar silff y siop. Ond fe wnaeth hynny fi'n fwy penderfynol fyth o'i ddarllen! Felly, ar ddiwrnod cynta'r tymor ym mis Medi, mi es i chwilio am y llyfr yn llyfrgell yr ysgol. Wrth wneud hynny, sylweddolais hefyd fod y bachan T. Llew Jones 'ma wedi sgrifennu nifer o lyfrau eraill ac felly, o un i un, dyma fi'n dechrau 'u darllen nhw.

'Fe fydden i'n mynd â'r llyfrau adre gyda fi'n slei bach, ac yn esgus darllen llyfr arall pan fyddai Mam yn dod i mewn i'r stafell wely i ddweud nos da. Ond wedyn, pan o'n i'n ei chlywed yn brysur yn y gegin, fe fydden i'n dianc i fyd T. Llew! O fae Ceredigion i fôr y Caribî . . . o bentre bach Tregaron i ddinas fawr Llundain . . . ac o ogof Twm Siôn Cati i ogof Siôn Cwilt.

'O! Dyna ddyddie gore mywyd i! Ro'n i'n cyrraedd yr ysgol yn y bore fel petawn i mewn breuddwyd, ac yn eistedd wrth 'y nesg drwy'r dydd yn ail-fyw anturiaethau Barti Ddu ar ei long ac Alf Boswell yn ei garafán! Prin y bydden i'n gwrando ar yr athrawes o gwbl! O fis i fis, aeth 'y ngwaith dosbarth i o ddrwg i waeth, a chyn hir dyma'r athrawes yn trefnu i Mam ddod i'r ysgol i gael sgwrs â hi. Aeth Mam, wrth gwrs, yn wyllt gacwn . . .'

Syllodd Mererid yn hir allan i'r môr, yn gwylio'r tonnau'n pellhau oddi wrth geg yr ogof wrth i'r llanw droi.

'Aeth hi drwy fy stafell â chrib fân, a dod o hyd i bentwr o lyfrau T. Llew. Sylwodd Mam ar stamp yr ysgol y tu mewn i'w cloriau nhw i gyd. '*Beth yw'r rhain?*' gofynnodd yn grac. Ond fedrwn i ddim egluro. '*Y lleidr bach â ti!*' sgrechiodd. Yn ei thymer, cydiodd yn y llyfrau a'u taflu nhw i gyd i'r tân agored yn y gegin. Y cyfan allwn i 'i wneud oedd sefyll yno'n gwylio'r cloriau a'r tudalennau'n cyrlio ac yn duo yn y gwres. O un i un, diflannodd fy anturiaethau gan adael dim byd ond pentwr o ludw ar waelod y grât.'

Cododd Mererid ar ei thraed yn sydyn, a sychu'r dagrau o'i llygaid. 'Felly, i ateb dy gwestiwn di,' meddai'n gadarn, 'dyna shwt ddes i o hyd i'r ogof 'ma. Ro'n i'n benderfynol o brofi bod yr hyn a deimlais i pan o'n i'n blentyn *yn* wir. Profi *nad* breuddwydio o'n i wedi'r cwbl, ond ail-fyw hanes.' Camodd yn benderfynol drwy'r twll gan ddechrau cydio mewn un sach ar ôl y llall yn ei thymer.

'Jim! Dere!' arthiodd ar y dyn tal. Symudodd hwnnw'n gyflym tuag ati i'w helpu. 'Mae'r llanw'n dechrau troi – bydd y ffordd yn glir i ni ddianc cyn bo hir!' Stumiodd ar y bechgyn i'w helpu i drosglwyddo'r trysor drwy'r twll a'i osod wrth geg yr ogof. 'A pheidiwch â *meddwl* am ddianc!' rhybuddiodd. 'Mae gan Jim fan hyn goesau hir, ac fe fydde fe'n gallu'ch dal chi'n rhwydd. Mae ganddo fe dymer ofnadw hefyd, felly rhyngoch chi a'ch cawl os byddwch chi'n ei wylltio!'

Edrychodd y bechgyn yn slei ar Jim, a dangosodd yntau ei ddannedd melyn mewn crechwen arswydus.

Roedd yn amlwg fod dianc allan o'r cwestiwn. Rhaid ei bod bellach yn tynnu at hanner nos. Doedd bosibl nad oedd rhywun yn y gwersyll wedi sylweddoli eu bod nhw wedi diflannu? meddyliodd Rhodri. Ond wedyn – sut ar y ddaear y gallai unrhyw un ddod o hyd iddyn nhw yn yr ogof?

Roedd cerdded yn ôl a mlaen drwy'r twll anferth gan lusgo'r casgenni, y cistiau a'r sachau yn waith blinedig. O'r diwedd, gosododd Jac a Glyn y gist olaf ger ceg yr ogof, cyn mynd yn ôl at y twll a sefyll yn lletchwith wrth ochr Deian a Rhodri.

'Diolch i chi, fechgyn, ry'ch chi wedi arbed tipyn o amser i ni!' meddai Mererid o'r diwedd. 'Jim! Cer i moyn y cwad a'r treilyr! Nawr!'

'Ond dyw'r llanw ddim yn ddigon pell mas 'to!' protestiodd Jim.

'Wel, cer lan drwy'r ogof at y drws cudd, te, a rhed ar hyd y caeau i Gwmtydu.'

'Cwmtydu?' meddai Glyn.

'Ie, yng Nghwmtydu adewais i'r cwad a'r treilyr, ar gefn lorri fach. Ry'n ni'n mynd i'w defnyddio nhw i gario'r rhain ar hyd y creigiau unwaith y bydd y llanw'n ddigon pell mas. Dim ond tua milltir i ffwrdd o'r pentre ydyn ni, a gall y lorri gario'r cyfan yn saff o'r fan honno.'

Trodd Jim i adael, ond rhoddodd Mererid ei llaw ar ei ysgwydd i'w rwystro. Yna sibrydodd yn ei glust rhag i'r bechgyn ei chlywed: 'Diffodda'r canhwyllau i

110

gyd ar y ffordd allan. Fydd mo'u hangen nhw arnon ni eto.'

Taflodd Jim gip sydyn i gyfeiriad y bechgyn, cyn dangos ei ddannedd melyn unwaith eto a diflannu i grombil y clogwyn.

'Pryd y'ch chi'n mynd i adael i ni fynd?' gofynnodd Jac yn flin. Roedd e wedi ymlâdd ac wedi cael llond bol ar Mererid a'i gêmau.

'Sdim eisie i ni aros!' meddai Glyn yn uchel. 'Dewch mla'n, bois, ma' Jim wedi mynd, a'r llanw'n ddigon pell mas erbyn hyn. Allwn ni redeg 'nôl i'r traeth!'

Camodd Mererid i ganol ceg yr ogof cyn tynnu arf hir o dan ei sgert amryliw.

'Chi'n nabod hwn?' gofynnodd, gan chwifio cleddyf hir, miniog, o'u blaenau, ei garn hardd wedi'i addurno â gemwaith drud. 'Wnes i ei ffeindio fe yn un o'r cistiau 'na,' cyhoeddodd yn falch.

Plygodd Rhodri'n nes at y cleddyf er mwyn cael gwell golwg arno, a daeth rhyw syniad anhygoel i'w feddwl . . .

'Nid . . . nid . . ?' Ond roedd y sioc yn ormod iddo fedru gorffen y frawddeg.

'Cleddyf Barti Ddu yw e!' ebychodd Glyn yn sydyn, ei ên bron â chyffwrdd â'r llawr.

'Ie ti'n iawn!' cyhoeddodd Mererid, a'i llygaid yn fflachio.

16

Lleuad yn Olau

Tra disgwyliai Mererid i Jim ddod yn ei ôl gyda'r beic cwad a'r treilyr, eisteddai'r bechgyn yn fud wrth geisio gwneud synnwyr o bopeth oedd wedi digwydd. Er i Jac a Deian fynd dros ben llestri'n sôn am drysor y diwrnod cynt, doedden nhw ddim wedi ystyried y bydden nhw'n dod wyneb yn wyneb â'r trysor hwnnw o fewn deuddydd. Wfftiodd Rhodri'r ffaith mai *fe* oedd wedi arwain ei ffrindiau i ffau'r llewod.

Jac oedd y cyntaf i glywed sŵn y cwad yn agosáu at geg yr ogof. Safai Mererid ar y creigiau miniog y tu allan i'r ogof yn gwylio'r cwad yn cael ei lywio'n ofalus rhwng y creigiau tuag atyn nhw. Roedd y cymylau stormus wedi hen glirio, a'r lleuad bellach yn goleuo'r llwybr islaw.

'Beth wnewch chi â'r peiriant drilio, te?' holodd Rhodri. 'Bydd rhywun yn siŵr o ddod ar ei draws e cyn bo hir.'

'Mae gen i un peth arall ar ôl i'w wneud gydag e cyn y galla i ddiflannu,' atebodd Mererid.

'Oes unrhyw gysylltiad rhwng hyn a'r adar a'r bywyd gwyllt sy wedi diodde allan yn y môr?' holodd

Rhodri eto, gan geisio rhoi dau a dau at ei gilydd. Roedd gweld yr holl olew a ollyngai o bibellau'r peiriant wedi codi amheuon ynddo.

'Falle'n wir,' atebodd Mererid yn ddi-hid. 'Gwnaed tipyn o niwed i'r peiriant 'ma wrth i ni ei ddadlwytho oddi ar y cwch y noson o'r blaen. Mae e wedi bod yn gollwng olew ers hynny. A dyna i chi'r difrod i'r cwch mawr hefyd. Weles i erioed gwch yn suddo mor sydyn. Doedd hynny ddim yn rhan o'r cynllun. O! Dwi'n siŵr fod 'na alwyni o olew wedi'i olchi allan ohoni dros y creigiau.'

Gwylltiodd Deian. 'Ma' 'na lwythi o adar a bywyd gwyllt y môr wedi'u lladd o'ch achos chi, felly!'

'Hy! Beth yw'r ots am hynny?!' Cododd Mererid ei llais. 'Mae digonedd ar ôl!'

Camodd Deian tuag ati'n grac, ond cydiodd Rhodri yn ei ysgwydd a'i dynnu'n ôl. Ar hynny, cyrhaeddodd Jim geg yr ogof gan barcio'r cwad yn ymyl y cargo, yn barod i'w lwytho. Gwyliodd y bechgyn wrth i'r ddau ddihiryn lwytho'r treilyr yng ngolau'r lleuad. Wrth i'r olwynion suddo dan bwysau'r cargo, rhegodd hithau'n uchel.

'Wedes i na fydde'r treilyr 'ma'n ddigon cryf!' arthiodd. 'Bydd raid i ti wneud dwy siwrne nawr!'

'Sdim digon o amser i fynd 'nôl a mla'n, dadlwytho, sortio'r plant 'ma, a dianc!' protestiodd Jim. 'Rhaid i ni adael rhywbeth ar ôl!'

Camodd Mererid yn ôl a mlaen yn aflonydd, gan

ddifaru ei bod wedi gadael cymaint o'r trefniadau yn nwylo Jim. 'Reit, rhaid i ni adael rhai o'r casgenni brandi ar ôl! Dylai hynny wneud y tric,' meddai o'r diwedd.

Cafodd y bechgyn eu gorfodi i gario'r casgenni'n ôl i mewn i'r ogof – a Mererid yn dynn wrth eu sodlau, yn dal i fyseddu'r cleddyf.

'Rhowch nhw 'nôl drwy'r twll,' gorchmynnodd. 'Nawr te. Eisteddwch fan'na, a pheidiwch symud!'

'Beth y'ch chi'n mynd i neud?' gofynnodd Jac. Roedd e'n gofidio'n fawr beth tybed oedd cynlluniau Mererid ar eu cyfer.

'Mae Jim yn mynd i anelu'r dril 'na at dop ceg yr ogof!' cyhoeddodd Mererid yn fuddugoliaethus. 'Yna, tra bydd y peiriant yn tyllu, mi fydda i'n diflannu trwy geg yr ogof a'ch carcharu chi yma, heb fwlch i ddianc drwyddo! Ha, ha, ha! A gyda llaw, does dim pwynt i chi geisio dilyn y llwybr hir i fyny'r glogwyn achos mae'r canhwyllau i gyd wedi'u diffodd . . . wnewch chi fyth ffeindio'ch ffordd yn y tywyllwch.' Chwarddodd Mererid eto, a'r tro hwn, swniai ei llais yn fwy cras ac oeraidd nag erioed.

Neidiodd llygaid Deian yn sydyn i gyfeiriad pocedi Glyn. A oedd y fflachlamp yn dal ganddo? Oedd! Medrai weld rhan ohoni'n sticio allan o'i boced.

'Mi gymera i honna, diolch yn fawr!' meddai Mererid yn uchel wrth sylweddoli beth oedd yn mynd trwy feddwl Deian. Estynnodd y fflachlamp o boced Glyn cyn iddo gael cyfle i brotestio. Yna, gwthiodd Mererid y bechgyn yn ddiseremoni i gefn yr ogof.

Taniodd Jim y dril a dechreuodd ddryllio'r graig uwchben ceg yr ogof. Yna, stopiodd y drilio ac ymhen dim roedd y ddau ddihiryn yn barod i ddianc ar gefn y cwad. Refiodd Jim yr injan wrth aros i'r graig chwalu. Erbyn hyn, roedd yn llawn arswyd – roedd hi ar ben arnyn nhw nawr! Pa obaith oedd yna y byddai rhywun yn dod o hyd iddyn nhw fan hyn? meddyliodd Deian. Petai Glyn ond wedi cadw'i afael ar y fflachlamp . . . efallai . . . jyst efallai . . .

Yn sydyn, daeth sŵn CLEC uchel wrth i'r graig ddechrau simsanu. Sŵn crynu a chorddi, chwalu a tharanu . . .

'HEEEEEELP!'

O fewn ychydig eiliadau, disgynnodd darnau enfawr o graig o'u cwmpas. Yn gymysg â'r holl dwrw, roedd sŵn refio injan i'w glywed wrth i'r cwad wneud ei ffordd yn araf dros y creigiau.

Yn ffodus, roedd y bechgyn yn ddigon pell yn ôl yng nghefn yr ogof i osgoi effeithiau'r cwymp mwyaf.

'HEEEEEEELP! gwaeddodd Deian nerth ei ben unwaith eto.

'Shhhhhhht achan! Bydd gweiddi fel 'na'n achosi i ragor o greigiau gwympo!' eglurodd Rhodri'n awdurdodol, er cymaint roedd yntau'n gofidio.

Cyn gynted ag y teimlai ei bod yn ddiogel i wneud

hynny, llamodd Jac ymlaen at y darnau rhydd o graig gan sbecian rhwng y bylchau.

'Hy! Sdim pwynt!' meddai Deian yn ddigalon. 'Wnei di byth wthio dy hunan mas drwy'r bylchau 'na!'

'Na . . . falle . . . ond maen nhw'n gadael i olau'r lleuad dreiddio drwyddo!' atebodd Jac yn gyffro i gyd.

'O! Grêt!' gwawdiodd Deian. 'Ry'n ni'n hollol styc fan hyn, ac yn debygol o fod yma am sbel go hir . . . os nad am byth . . . ond, sdim ots, achos bydd "golau'r lleuad" gyda ni!'

Gwyliodd y lleill Jac yn brwydro i dynnu rhywbeth o boced ei got.

'Beth 'sda ti, Jac? Fflachlamp?' holodd Glyn yn obeithiol.

'Na! Rhywbeth llawer gwell na fflachlamp!' atebodd, gan dynnu'i radio personol allan o'i boced.

'WOOHOO!' bloeddiodd Glyn yn uchel. 'Wyddwn i ddim bod honna 'da ti!'

'Do'n i ddim yn cofio chwaith!' atebodd Jac yn onest. 'Dim ond pan dynnodd Mererid y fflachlamp mas o dy boced di y cofies i mod i wedi rhoi hon yn 'y mhoced cyn gadael y stafell.'

'Reit! Sdim amser i'w golli! Jac, tria gysylltu â rhywun yn y gwersyll, glou!' siarsiodd Glyn ef yn gyffrous.

'Na! Aros!' torrodd Rhodri ar ei draws. 'Cofia mai dyna'r sianel ma' Mererid a Jim wedi bod yn 'i defnyddio. Falle bod y radio mla'n 'da nhw o hyd! Os felly, fe fyddan nhw 'nôl!'

'Jyst gobeithio bod radio Rhys mla'n ar y sianel cytunon ni arni,' meddai Jac o'r diwedd.

'Cer amdani!' anogodd Glyn ef.

Chwaraeodd Jac â'r swits gan symud yn araf drwy'r sianelau.

'Rhys! Rhys! Wyt ti'n 'y nghlywed i?'

Tawelwch llethol. Triodd Jac eto.

'Rhys? Helô, Rhys?! Rhys! Jac sy 'ma! Ti'n 'y nghlywed i?'

Daeth sŵn clecian o'r radio. Yna, gallent glywed llais Rhys yn glir. 'Jac! Shwt wyt ti boi?! Be sy'n bod? Hiraeth sy arnat ti?'

Gollyngodd Jac ochenaid hir o ryddhad. 'Rhys! O! Rhys boi, dwi mor falch clywed dy lais di!'

'Paid â becso nawr! Ni'n mynd adre fory, cofia . . . gei di weld Mam bryd hynny!' cysurodd Rhys ei frawd mawr.

'Na! Rhys! Gwranda nawr! Ry'n ni mewn trwbwl . . . trwbwl mawr! Ma' Glyn, Deian, Rhodri a finne'n sownd mewn ogof . . . ac ma' angen i ti ddod i'n hachub ni!

'Sownd mewn ogof?' ailadroddodd Rhys yn araf. 'O! Cŵl! Pam na allech chi fod wedi mynd â fi gyda chi?'

'Rhys! Gwranda! Sdim amser i ddadlau, iawn?! Ma'n rhaid i ti ddod glou i'n cael ni'n rhydd . . . ma' 'na ladron wrthi'n dianc y funud hon.'

'Lladron?' holodd Rhys yn eiddgar. 'Jac boi, fydda i 'da ti nawr! Ble ry'ch chi?'

'Wel, mae'n anodd iawn egluro . . .' dechreuodd Jac, ond yn sydyn, cafodd syniad. 'Rhys, gwranda arna i! Dilyna'r llwybr 'na aeth Glyn a Casi ar ei hyd e ddoe. Wedyn, fe weli di lwybr yn gwyro i'r chwith tuag at y clogwyni. Dilyna hwnnw, a chadw i fynd nes y gweli di 'y nghap i. Fe ddylai fod ar y borfa'n rhywle . . .'

'Ti wedi colli dy gap? Bydd Mam yn . . .'

'Rhys! Canolbwyntia! Nawr te . . . yn agos at 'y 'nghap i, fe ddoi di o hyd i ddarn o graig ffug . . .'

'Beth?'

'Darn . . . o graig . . . ffug!'

'O . . . reit . . .'

'Nawr . . . tyn hwnnw o'r ffordd a dilyna'r llwybr i mewn i'r ogof.

'I'r ogof . . . reit . . .'

'Cofia . . . bydd angen fflachlamp gref arnat ti i ddod o hyd i ni.'

Daliodd y bechgyn eu hanadl wrth aros i Rhys ymateb. 'Peidiwch â becso, bois! Fydda i gyda chi whap!' meddai o'r diwedd, ei lais yn byrlymu o gyffro.

'A . . . a Rhys!' parhaodd Jac. 'C . . . cadwa dy radio di mla'n drwy'r amser . . .'

17

Hofrenydd! Help!

Camai'r bechgyn yn ôl ac ymlaen yn ddiamynedd wrth aros i Rhys ddod i'w hachub o'r ogof. Roedd pob munud yn teimlo fel awr.

'Be sy'n 'i gadw fe?' holodd Jac gan gicio darn o graig yn ddiamynedd â'i droed.

'Rho gyfle iddo fe,' atebodd Rhodri. 'Dim ond newydd orffen siarad 'ych chi!'

Ar hynny, clywodd y bechgyn sŵn cwad yn dod yn nes ac yn nes o hyd. 'Hisht! Ydyn nhw'n dod 'nôl?' holodd Glyn yn wyllt.

'Dwi ddim yn credu mai cwad Mererid a Jim yw hwnna!' meddai Deian yn ddryslyd. Yna, daeth sŵn tebyg i cwad arall i glustiau'r bechgyn, cyn diffodd yn sydyn.

'Hei! Jac boi! Glywest di hwnna?!' Daeth llais Rhys dros y radio.

'Do, ond . . .'

'Mae Llŷr a fi wedi *benthyg* cwads y gwersyll!' cyhoeddodd Rhys yn falch. 'Aros eiliad, dwi'n gallu gweld dy gap di . . . dwi'n chwilio am y graig ffug nawr . . . O! Dyma hi! Rho funud i fi . . !'

'Cymer ofal!' gwaeddodd Jac i mewn i'r teclyn. Ond doedd Rhys ddim yn gwrando.

Teimlai'r aros fel oes. Yna'n sydyn, daeth pelydryn bach o oleuni o ben pella'r ogof.

'Rhys?! Rhys?! Ti sy 'na?' holodd Jac yn betrus cyn mentro i gyfeiriad y golau.

'Wwwwwww! Wrth gwrs mai fi sy' 'ma!' atebodd Rhys ag arlliw o wên yn ei lais. 'Pwy arall o't ti'n ddisgwyl 'i weld lawr 'ma? Siôn Cwilt?!'

'Hy! Ry'n ni wedi gweld Siôn Cwilt unwaith heno'n barod!' atebodd Jac cyn cofleidio'i frawd bach.

'Wow, wow, wow! Gad dy ddwli.'

'Dewch mla'n, bois, does dim amser i'w golli!' cyhoeddodd Glyn yn sydyn. 'Rhys, ble ma'r cwads?'

'Lan wrth y drws cudd 'na,' atebodd Rhys wrth i Deian fachu'r fflachlamp o'i law. Roedd hwnnw'n ysu am gael dianc ar hyd y llwybr serth i frig y clogwyn. Dilynodd y gweddill ef yn frysiog. Cyn hir, roedden nhw i gyd wedi cyrraedd allan i'r awyr iach at y cwads a Llŷr. Yn y pellter, roedd grwnan injan cwad arall i'w glywed – ond tynnu llwyth o gontraband a thrysor roedd hwnnw.

'Dy'n nhw'n dal heb gyrraedd traeth Cwmtydu!' cyhoeddodd Rhodri'n uchel wrth feddwl am y lladron yn dianc.

'Be newn ni, bois? Mynd 'nôl i'r gwersyll i ffonio'r heddlu neu ddilyn y dihirod?!'

'Sdim digon o le ar y cwads 'ma i fynd â chwech ohonon ni!'

'Ti'n iawn!' atebodd Glyn, gan wthio Rhys o'i ffordd.

'Rhys! Llŷr! Rhedwch chi 'nôl i'r gwersyll i egluro be sy'n digwydd, ac fe awn ni ar y cwads draw i draeth Cwmtydu i geisio rhwystro Mererid a Jim rhag dianc.'

'Ond pam mai *ni* sy'n gorfod mynd 'nôl?' holodd Rhys yn drist.

'Am eich bod chi'n llawer rhy ifanc i ddod ar antur fel hyn,' atebodd Glyn. 'A beth bynnag . . . mae'n rhy beryglus!'

'Ond ro'n i'n ddigon da i ddod i'ch achub chi!' protestiodd Rhys. 'Doeddech chi ddim yn poeni am fy oedran i bryd hynny!'

Roedd Jac ar fin ymuno yn y ddadl pan ddaeth sŵn byddarol i foddi eu sgwrs. Crynodd y ddaear a daeth chwa o wynt i oglais y clogwyni.

'Glou! Pawb lawr ar y llawr!' gwaeddodd Rhodri.

Taflodd pawb eu hunain i'r llawr ar frys. Yna, o gyfeiriad y dwyrain, ymddangosodd cysgod mawr tywyll yn isel uwch eu pennau.

'Hwrê!' gwaeddodd Rhodri eto. 'Hofrenydd! Mae'n rhaid mai hofrenydd yr heddlu yw hi . . . ar drywydd y lladron, falle!'

Ond yn hytrach na dilyn yr arfordir i gyfeiriad traeth Cwmtydu, trodd yr hofrenydd yn ôl i gyfeiriad y bechgyn. Syllodd pawb i fyny i'r awyr. Dallwyd nhw'n sydyn wrth i belydryn cryf o olau saethu tuag atyn nhw o gyfeiriad yr hofrenydd.

'Beth ar y ddaear sy mla'n da nhw?' holodd Deian wrth godi'i law dros ei lygaid i'w cysgodi. 'Ar ôl Mererid a Jim ddylen nhw fynd, nid ar ein holau ni! Does bosib . . .' Yna, daeth sŵn arall i'w clustiau – sŵn llais clir drwy uchelseinydd.

'FECHGYN! GWRANDEWCH YN OFALUS! EWCH YN ÔL I'R GWERSYLL AR UNWAITH! GLYWSOCH CHI? EWCH YN ÔL I'R GWERSYLL AR UNWAITH!

'Ond . . . ma' 'na ladron ar draeth Cwmtydu!' gwaeddodd Glyn nerth ei ben gan bwyntio i gyfeiriad y gogledd.

'Dy'n nhw ddim yn gallu dy glywed di!' gwaeddodd Glyn. Roedd sŵn yr hofrenydd uwch eu pennau'n fyddarol. 'Dewch mla'n, bois! Bydd raid i ni 'u harwain nhw at y lladron.'

Edrychodd y lleill ar ei gilydd. Ond cyn i'r un ohonyn nhw fedru dweud gair, neidiodd Glyn ar un o'r cwads gan amneidio ar Jac i wneud yr un peth. Neidiodd Deian a Rhodri ar y beic arall a thanio'r injan. Yna, diflannodd y pedwar i'r nos gan adael Rhys a Llŷr yno ar eu pennau eu hunain.

'Dere mla'n Glyn, gwasga arni!' gwaeddodd Jac o'r cefn wrth i Glyn arwain y ffordd dros y clogwyni a golau'r hofrenydd wedi'i hoelio arnyn nhw. Roedd

Glyn yn dal i chwifio'i freichiau er mwyn ceisio annog yr hofrenydd i fynd i gyfeiriad Gwmtydu. Gwnâi Deian ei orau glas i ddilyn y cwad o'i flaen, ond roedd y llwybr anwastad yn ei daflu o un ochr i'r llall. Doedd y ffaith fod Rhodri'n sgrechian yn ei glust yn fawr o help chwaith!

* * *

I lawr ar draeth Cwmtydu, roedd Mererid a Jim hefyd wedi sylwi ar yr hofrenydd. 'Siapa hi!' sgrechiodd Mererid, wrth i Jim yrru'n ofalus dros y cerrig i gyfeiriad y maes parcio. Neidiodd y ddau oddi ar y cwad cyn dechrau dadlwytho'u cargo gwerthfawr i mewn i'r lorri. Gallai Mererid weld bod yr hofrenydd yn dod yn nes ac yn nes bob eiliad. Doedd bosib mai chwilio amdani hi a Jim oedden nhw, meddyliodd wrthi'i hun. Doedd bosib eu bod nhw'n gwybod am y trysor?!

Ond cyn iddi fedru pendroni rhagor, gwelodd ddau feic cwad yn dod dros y gorwel ar gyflymdra aruthrol. Sylweddolodd yn syth mai'r criw o fechgyn oedd yn eu gyrru. 'Jim! Mae cwmni 'da ni!' meddai, â phryder yn ei llais am y tro cyntaf. Syllodd Jim i fyny ar yr hofrenydd uwchben.

'Na! Nid yr hofrenydd!' meddai Mererid eto gan bwyntio at y beiciau cwad. Agorodd Jim ei lygaid led y pen.

'I'r lorri! Nawr!' gwaeddodd Mererid cyn taflu'r sach olaf i'r cab. Neidiodd y ddau i mewn i'r cab a refiodd Mererid yr injan yn uchel. Doedd dim pwynt gadael i Jim yrru – roedd e wedi gwneud digon o gawlach o bethau'n barod!

Rhuodd y lorri yn ei blaen wrth i Mererid wasgu'r sbardun i'r eithaf wrth fynd drwy bentref bach Cwmtydu.

'Lle bach digon pert . . .' mentrodd Jim wrth edrych allan yn hamddenol drwy ffenest flaen y lorri.

Edrychodd Mererid draw arno ag atgasedd pur yn ei llygaid. 'Ti'n hoffi'r pentre 'ma, wyt ti?' gofynnodd mewn llais caled.

'Wel . . . ydw!' atebodd Jim gan edrych yn ofnus arni. Doedd e erioed wedi gweld Mererid yn ymddwyn fel hyn o'r blaen. Gwasgodd hithau'r brêcs yn sydyn gan achosi i'r lorri sgrechian i stop. Pwysodd Mererid draw at Jim gan agor y drws a'i wthio allan i'r ffordd. 'Os wyt ti mor hoff â hynna o Gwmtydu, gei di aros 'ma!' gwaeddodd cyn cau'r drws yn glep ac ailgychwyn ei thaith.

Eisteddodd Jim ar ganol y ffordd yn gwylio cefn y lorri'n diflannu i'r pellter. Yr eiliad nesaf, sgrialodd dau feic cwad heibio iddo, gyda'r hofrenydd yn gysgod swnllyd uwch eu pennau.

'Jim oedd hwnna?' holodd Jac wrth wasgu canol Glyn yn dynnach.

'Ie . . . dwi'n credu taw e, er wnes i ddim edrych llawer . . . ro'n i'n rhy brysur yn canolbwyntio ar y lorri 'na!'

Roedd meddwl Mererid yn fwrlwm gwyllt erbyn hynny, gyda gormod o bethau'n mynd trwy ei phen iddi fedru gwneud synnwyr o unrhyw beth. Wrth daranu ar hyd y ffordd droellog, teimlai ei hun yn dychwelyd i fyd ei breuddwydion, gan ddychmygu ei hun yn serennu yn un o lyfrau T. Llew Jones. Roedd hi'n arwres, yn achub y blaen ar ddihirod pennaf Ceredigion, ac yn marchogaeth caseg Twm Siôn Cati i ennill y ras yn erbyn y Grey Duke.

Taflodd gip i ddrych y lorri er mwyn gallu edmygu trysor y môr-ladron yn y cefn. Yna, trodd ei golygon yn ôl tua'r ffordd o'i blaen.

'O . . . NA!' sgrechiodd.

18

Dial o'r Diwedd

Llwyddodd yr hofrenydd i lanio yn yr un cae â'r lorri; bellach roedd honno wyneb i waered ar waelod y dibyn. Roedd y bechgyn wedi gweld y ddamwain yn digwydd, ac wedi rhuthro draw yno ar unwaith. Erbyn i'r heddwas gyrraedd, roedd Glyn a Jac eisoes yn stryffaglu i ryddhau corff anymwybodol Mererid.

'Ydech chi'n iawn?' gwaeddodd yr heddwas dros sŵn llafnau'r hofrenydd, oedd yn arafu'n raddol.

'Dwi'n credu bod y lorri ar dân!' atebodd Glyn, wrth sylwi ar y mwg yn dechrau codi o'r injan.

Rhedodd yr heddwas ifanc yn ôl at yr hofrenydd cyn dychwelyd gyda heddwas arall, hŷn; roedd y ddau'n cario offer diffodd tân er mwyn rhwystro'r fflamau rhag lledu.

Yn y cyfamser, daeth Mererid ati'i hun, gan stryffaglu i godi ar ei heistedd.

'Lle ydw i?' gofynnodd yn ddryslyd.

Erbyn hynny, roedd dau heddwas arall wedi cyrraedd i'w gwarchod. 'Ry'ch chi wedi bod mewn damwain gas!' eglurodd un ohonyn nhw wrth Mererid.

'D . . . damwain? Ond . . . sut?' holodd hithau eto. Yna, gwelodd y lorri ar ei hochr gerllaw. Dechreuodd ysgwyd ei phen.

'Madam, chi oedd yn gyrru'r lorri yna!' eglurodd yr heddwas ifanc wedyn, cyn troi at ei bartner a dweud, 'Dwi'n credu ei bod hi'n dioddef o sioc.' Trodd ei sylw'n ôl at Mererid unwaith eto. 'Ydych chi wedi taro'ch pen o gwbwl?' gofynnodd.

'Na . . . dwi ddim yn meddwl,' atebodd hithau gan redeg ei bysedd drwy'i gwallt hir, anniben.

'Wel, arhoswch chi'n fan'na am funud neu ddwy. Mae'r ambiwlans ar ei ffordd!'

Yna, trodd yr heddwas ifanc at y bechgyn. Roedd golwg mwy chwyrn ar ei wyneb erbyn hyn.

'Fechgyn!' meddai'n awdurdodol. 'Ga i ofyn i chi pam wnaethoch chi ddianc o'r gwersyll yng nghanol nos fel hyn? Mae chwilio mawr wedi bod amdanoch chi!'

Edrychodd y bechgyn ar ei gilydd yn euog. Doedd clywed plismon yn dweud y drefn wrthyn nhw ddim yn brofiad pleserus iawn! 'Wel?' gofynnodd yr heddwas eto. 'Dwi'n aros am ateb!'

'W . . . wel . . . o'i achos hi!' meddai Glyn o'r diwedd gan bwyntio at Mererid. 'Ro'dd hi wedi darganfod ogof . . . a . . . thrysor . . . a phob math o bethau ynddi . . . ac roedd hi'n bwriadu dwyn y cyfan!' Tynnodd anadl ddofn cyn mynd yn ei flaen. 'Y cwbwl wnaethon n o'dd trio'i rhwystro hi . . . a

127

phan fethon ni . . . wel . . . dyna ni'n penderfynu mynd ar ei hôl hi ar y cwads.'

'Trysor, wir! Chlywais i'r fath beth erioed! Wyt ti'n trio dweud wrtha i bod 'na *drysor* yng nghefn y lorri 'na?' holodd yr heddwas, gan wenu a thaflu winc gellweirus ar ei bartner. 'Plant!' meddai dan ei anadl.

'O . . . os nad y'ch chi'n ein credu ni, ewch i weld drosoch eich hunain!' awgrymodd Glyn gan bwyntio at y lorri. 'Ewch mla'n! Gewn ni weld pwy fydd yn chwerthin wedyn!'

Edrychodd y ddau heddwas ar ei gilydd cyn dechrau cerdded draw at y cerbyd a'r bechgyn yn dilyn yn dynn wrth eu sodlau. Ar ôl i'r ddau agor un o'r cistiau yn y cefn a gweld yr holl emwaith gwerthfawr y tu mewn iddi, bu bron iddyn nhw lewygu mewn sioc!

Roedd wynebau'r ddau heddwas yn bictiwr wrth iddyn nhw ymddiheuro'n llaes cyn gafael yn eu radio i gysylltu â'r pencadlys, a'u dwylo'n crynu!

'Beth fydd yn digwydd iddi?' gofynnodd Rhodri gan gyfeirio at Mererid oedd yn dal i syllu o'i blaen, ei llygaid yn wag.

'Mae car heddlu ar y ffordd i'w chasglu,' atebodd un o'r heddweision.

'Arhoswch eiliad!' Cododd Glyn ar ei draed yn sydyn. 'Beth am Jim?' ebychodd.

'Jim?' holodd yr heddwas ifanc yn ddryslyd. 'Pwy yw e?'

'Yr un o'dd yn helpu Mererid i ddwyn y cargo!' atebodd Glyn.

'Fe daflodd Mererid e mas o'r lorri i lawr yn y pentre!' meddai Jac, gan rwbio'i wddf wrth gofio am y ffordd y cydiodd Jim yn ei goler yn gynharach y noson honno.

Gallai'r bechgyn weld golau glas llachar un o geir yr heddlu'n gyrru ar hyd y ffordd gul tuag atynt. Parciodd hwnnw yn ymyl y twll yn y clawdd a adawyd wrth i Mererid a'i lorri daranu drwyddo.

'Bydd angen i ni fynd lawr i Gwmtydu ar unwaith!' meddai'r heddwas ifanc yn frwd, gan annog y bechgyn i'w ddilyn.

Ond erbyn cyrraedd y pentref, doedd dim sôn am Jim yn unman.

'Oes unrhyw syniad gyda chi lle galle fe fod?'

'Wel . . . mae'n bosib . . .' dechreuodd Rhodri.

'Ie?' meddai'r heddwas ifanc.

'Wel . . . mae'n bosib ei fod e wedi mynd 'nôl i'r ogof. Wedi'r cwbwl, ro'dd 'na ambell gasgen ac un gist ar ôl yno . . .'

'Rhodri boi, ti'n *genius*!' gwaeddodd Glyn cyn agor drws y car ac arwain y ddau heddwas dros gerrig y traeth tua'r môr. 'Faint o'r gloch yw hi?' gofynnodd wedyn.

Edrychodd yr heddwas ar ei watsh. 'Mae hi bron yn bump o'r gloch,' meddai, 'felly mae 'na chydig o amser 'da ni cyn bod y llanw'n troi!'

'Ond bydd raid i ni fod yn glou!' gwaeddodd Glyn cyn dechrau rhedeg ar draws y traeth gyda Deian a Rhodri. Dilynodd y ddau heddwas nhw'n glòs, gyda Jac yn dilyn ychydig bellter tu ôl iddynt!

'Pa mor bell sy raid i ni fynd?' holodd yr heddwas wrth iddo frwydro i siarad a rhedeg yr un pryd.

'Mae'r traeth tua milltir o un pen i'r llall!' atebodd Glyn dros ei ysgwydd.

Glyn welodd yr ogof gyntaf, ac yn wir, *roedd* Jim yno. Roedd e'n stryffaglu i dynnu'r creigiau mawr o geg yr ogof bob yn un ac un. Arafodd y bechgyn a'r heddweision eu camau er mwyn ceisio peidio â thynnu sylw atyn nhw'u hunain. Yna, ar ôl cerdded yn dawel ar hyd y creigiau, neidiodd y ddau heddwas yn sydyn a hyrddio Jim i'r llawr. Toc, roedd cyffion yn dynn am ei addyrnau.

*   *   *

Camodd y plant oddi ar y bws y tu allan i brif fynedfa'r ysgol. Rhedodd rhai ohonyn nhw'n syth i freichiau'u rhieni, tra cerddodd y lleill yn hamddenol i gefn y bws i gasglu'u bagiau. Chwiliodd llygaid Ann Morris yn ddiamynedd am ei dau fab wrth i'r plant gamu i lawr y grisiau o un i un, ond doedd dim sôn amdanyn nhw. Roedd hi wedi gobeithio mai Rhys fyddai'r cyntaf i redeg oddi ar y bws i freichiau'i fam, ond nid felly y bu. O'r diwedd, daeth y criw olaf oddi ar y bws. Glyn . . . Rhodri . . . Deian . . . A! Dyna nhw! meddyliodd. Disgynnodd Jac a Rhys i lawr y grisiau'n hamddenol, gyda braich yr hynaf o gwmpas ysgwydd ei frawd bach.

'Wel, Rhys bach!' snwffiodd y fam gan gydio'n dynn yn ei mab ieuengaf. 'Shwt a'th hi, te? Ydi Jac wedi edrych ar dy ôl di?'

'O . . . yn wych, Mam!' atebodd Rhys yn wên o glust i glust. 'Ro'dd Jac yn hollol *wych*!'

Dyma drydedd nofel yr awdur ifanc, talentog, Gareth Lloyd James. Yn enedigol o Gwmann ger Llanbedr Pont Steffan, mae Gareth bellach wedi ymgartrefu yn Aberystwyth, yn briod, ac yn dad newydd balch i Elain Gwawr. Mynychodd Ysgol Gynradd Coedmor ac Ysgol Gyfun Llanbedr Pont Steffan cyn ennill gradd yn y Gymraeg ym Mhrifysgol Aberystwyth yn 2001. Tra'n fyfyriwr yn Aberystwyth, ymddiddorodd mewn barddoniaeth ac yn y cynganeddion yn arbennig, gan ennill Cadair Eisteddfod Genedlaethol yr Urdd, Llŷn ac Eifionydd, yn 1998.

Ar ôl graddio, astudiodd i fod yn athro a bellach mae'n Ddirprwy Bennaeth yn Ysgol Gymraeg Aberystwyth. Mae hefyd yn weithgar iawn gyda'r Urdd a bu'n Llywydd y mudiad rhwng 2007 a 2008. Mae Gareth hefyd yn Is-Gadeirydd y Pwyllgor Gwaith ar gyfer Eisteddfod yr Urdd Ceredigion 2010.

HOLI'R AWDUR

Pam mynd ati i ysgrifennu nofel?

Mae syniadau ar gyfer ysgrifennu i blant wedi bod yn crynhoi yn fy meddwl ers blynyddoedd a dweud y gwir. Dim ond yn ddiweddar iawn dw i wedi mynd ati i ysgrifennu o ddifri. Fel athro ac un â diddordeb mawr mewn llenyddiaeth, ro'n i'n gweld prinder yn y ddarpariaeth o lyfrau Cymraeg anturus i blant, yn enwedig felly i fechgyn. Dw i hefyd yn cofio darllen erthygl gan y diweddar T. Llew Jones, lle'r oedd e'n mynegi ei bryder am ddyfodol darllen ac yn sôn fod gormod o lyfrau plant heddiw yn rhai sydd wedi eu cyfieithu i'r Gymraeg. Rhoddodd ei eiriau e rhyw gic i mi fynd ati i ysgrifennu. Ar ôl cael blas arbennig o wneud hynny gyda fy nwy nofel gyntaf, *Dirgelwch Gwersyll Glan-llyn* a *Dirgelwch Gwersyll Caerdydd*, ac o dderbyn ymateb anhygoel gan blant o bob rhan o Gymru iddyn nhw, roedd sgrifennu'r nofel ddiweddaraf hon yn bleser mawr.

At bwy mae'r nofel wedi ei hanelu?

Ar y cyfan, mae'r nofel ar gyfer plant rhwng tua 9 a 12 oed. Am wn i mai ysgrifennu ar gyfer cynulleidfa o fechgyn oedd fy mwriad, er y dylai merched fwynhau'r gwaith lawn cymaint wrth gwrs.

Sut y byddech chi'n disgrifio'r nofel?

Wel, mae'r nofel yn dilyn patrwm tebyg iawn i'r ddwy nofel arall yng nghyfres Cawdel, sef nofel ddirgelwch sy'n dilyn anturiaethau criw o blant ar daith i Wersyll yr Urdd, Llangrannog. Yr un cymeriadau sydd wrth wraidd y stori unwaith eto, sef Glyn, a'i ffrindiau pennaf Jac, Deian a Rhodri, ond y tro hwn, mae Rhys, brawd bach Jac, yn cael lle amlwg ynddi hefyd. Fel arfer, mae trwbwl yn eu dilyn nhw i bobman, ac er iddyn nhw addo ceisio ymddwyn yn dda ar y daith hon, mae eu hawch am antur yn mynd yn drech na nhw.

Ond yn ogystal â'r antur arferol a'r cyfle i fwynhau rhai o weithgareddau'r gwersyll, mae elfen ychwanegol yn y nofel hon, sef cysylltiad â gwaith T. Llew Jones. Mae cysgod yr awdur i'w deimlo'n amlwg iawn dros y stori ac mae dychymyg y bechgyn yn cael ei danio gan y sôn am rai o'i gymeriadau a'u hanturiaethau yn yr ogofeydd a'r ardal o gwmpas Llangrannog.

Os hoffech chi ofyn cwestiwn neu os oes gennych chi sylwadau am y llyfr, mae croeso i chi gysylltu â'r awdur dros ebost ar y cyfeiriad canlynol:

awduron@gomer.co.uk

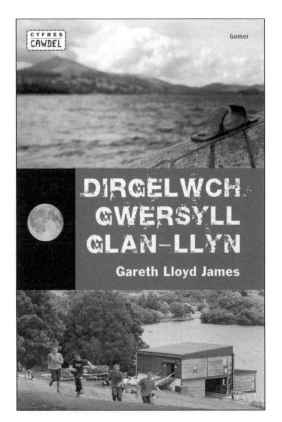

'Beth ar y ddaear ma' hwnna'n neud mas fan hyn yr adeg yma o'r nos?'

Ond nid dyna'r unig gwestiwn sy'n codi yn ystod ymweliad wythnos â Gwersyll Glan-llyn. Yn fuan ar ôl cyrraedd, daw'r pedwar ffrind, Glyn, Jac, Deian a Rhodri i sylweddoli nad yw pethau'n union fel yr oedden nhw wedi'i ddisgwyl. Cymeriadau amheus, offer yn diflannu, a thwneli cudd, heb sôn am y criw merched sy'n gwneud eu bywydau'n boen!

Fydd bywyd fyth yr un fath eto ar ôl yr ymweliad yma â glan Llyn Tegid!

ISBN 978 1 84851 033 3   £4.99

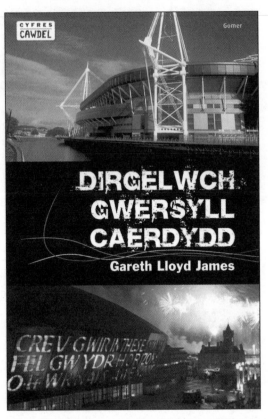

CYFRES
CAWDEL

Gomer

DIRGELWCH
GWERSYLL
CAERDYDD

Gareth Lloyd James

CREV GWIR IN THESE
FEL GWYDR HORIZON
O H WR

Wedi helynt y criw ffrindiau Glyn, Jac, Deian a Rhodri yng
Nglan-llyn y llynedd, mae eu taith ddiweddaraf i Wersyll
Caerdydd yn siŵr o fod yn llawn cyffro. Mae tynnu nyth
cacwn am eu pennau'n dod yn rhwydd iawn iddyn nhw.
Ac mae pethau'n mynd o ddrwg i waeth unwaith eto
wedi i un o brif actorion Cwmni Theatr yr Urdd ddiflannu.
Tybed a fydd drygioni ganol nos y bechgyn o gymorth
i'r heddlu ddatrys y dirgelwch a datgelu ambell gyfrinach
arall ddigon defnyddiol ynglŷn â'r Gwersyll yng Nghanolfan
y Mileniwm.

ISBN 978 1 84851 138 5   £4.99